掟上《おきて》上《がみ》今日子《きょうこ》の挑戦状《ちょうせんじょう》

西尾維新
NISIOISIN

Kodansha

装画／ＶＯＦＡＮ
装幀／Ｖｅｉａ

1

鯨井《くじらい》は取り立てて、完全犯罪を成し遂げるつもりはなかった。そもそも探偵小説の熱心な読者ではない彼は、完全犯罪という用語の意味を、正確には理解していなかった——精々、犯罪に手を染めている時点で、完全からはほど遠いと思うくらいだ。だいたい、もしも完全なんてものが本当にあるとするなら、鯨井は競泳界を引退せずに済んでいる——彼自身の報《むく》われていない現状が既《すで》に、世の中全体が不完全である証明なのだ。

しかし、完全はなくとも完全を目指さねばならないことも摂理《せつり》ではあるし、全体が完全であることはなるほど不可能であっても、部分部分を完全にすることは、それはそれでやってできなくもない——と、鯨井は思う。そうでなければ、あまりに救いがない。そして一部が完全であるならば、全体が完全であるように装《よそお》うことも、あるいは可能なはずだ。

極論、どれほど証拠を残しまくり、どれほど動機が明確であろうとも——容疑者のアリバイが揺るぎないものであれば、法定上、彼を有罪にすることはできない。

アリバイ——そう、現場不在証明。

殺人現場にはいなかったという、証拠。

必要な最小限は、本来、それだけなのだ。

そんなわけで鯨井は、本日午後三時頃における、揺るぎのないアリバイを作るために、繁《はん》華街《かがい》を歩いていた——しかし、具体的なプランが、彼にここであったわけではない。完全を目指すために、あえてどうとでも動けるように、鯨井は綿密な計画を立てていなかった——アリバイ工作をしようとスケジュールを細かく引けば、その痕跡《こんせき》が残るかもしれないと、やや神経質に、そう思ったのだ。もっとも鯨井は、ことが明るみに出たとき、確実に疑われることになる身の上だ——神経質になって、なり過ぎるということはあるまい。

さて、最も確実なアリバイと言えば、不特定多数の人間に目撃され、『そこにいた』と証言してもらうことだろう——が、世間というのは、意外なほどに人のことを見ていない。決して有名人でもない鯨井が、不特定多数の『目』の印象に残ろうと思えば、たとえば公道で暴れるとか、そんな奇行を取るしかなかろうが、そんな悪目立ちはできれば避けたい。変な注目の集め方をすれば、その後の行動に支障を来《きた》す恐れもある。

だからあくまでも、自然な感じで、第三者の印象に残りたい——第三者。そうだ、言うまでもないことだが、鯨井のアリバイの証言者は、第三者である必要があり——第三者であればあるほど、彼のアリバイは完全となる。

親兄弟の証言はアリバイとして弱いと聞くし、ならば友人知人の証言も、決して強くはないのだろう——だから、鯨井とまったく縁故《えんこ》のない、できれば初対面の人間が望ましい。

そんな風に思いながら、鯨井は目抜き通りを徘徊《はいかい》した——と、そこでふと、足を止める。正確に言うと、目を留める——オープンカフェで一人、文庫本を読みながら上品にコーヒーを飲んでいる、一人の女性に目を留める。

やけに絵になる姿だった。総白髪《そうしらが》だったので、一瞬、年齢を読み違えたが、しかしよく見れば、鯨井と変わらない年頃の女性のようだった。ファッションで染めているにしては、かなり奇異だが……だが、膝丈《ひざたけ》のタイトなスカートに、七分袖《そで》のブラウスというスタイルは、とても落ちついた雰囲気を醸し出している。かけている眼鏡《めがね》もどこか理知的だ。

「…………」

もちろん、鯨井にとって、証言者が彼女である必要はまったくなかった——他の誰でもよかった。隣のテーブルにいる者でもよかったし、反対側のテーブルにいる者でもよかった。だが、あれこれとえり好みしているうちに、アリバイを作りたい午後三時を過ぎてしまえば目もあてられない。

そう考えると、あの総白髪は好都合と言える。あんな特徴的なヘアスタイルなら、後日、さぞかし探しやすいことだろう——まして、あれほどの美人ならば。きっと彼女が、俺の無実を証明してくれることになる——そう考えてにやりと笑い、鯨井は近付いていった。

彼女の正体を知りもせず。

2

「ここ、空《あ》いているかな？」

そう言いながら、鯨井は総白髪の彼女の、正面の椅子《いす》を引いた——読んでいた本からすっと目を上げてこちらを見、

「どうぞ」

と、思いの外《ほか》あっさり、彼女は言った。

「ちょうど話し相手が欲しかったのです」

まずは戸惑《とまど》わせてからだと思っていた鯨井は、拍子《ひょうし》抜《ぬ》けにも似た気持ちを味わわされたが、しかしそう勧められて、座らない理由もない——ちらりと腕時計を確認してから、鯨井は腰を下ろす。

近寄ってきたウエイターに飲み物を注文する——と言っても、メニューに載っているのは全部コーヒーだったが。鯨井の知らない銘柄ばかりが、ずらりと記載されていた。

ここはコーヒー専門店だったのか……ふと見れば、総白髪の彼女の手元にあるカップには、砂糖もミルクも、使用された痕跡がない。どうやらブラックで飲んでいるらしい——なんだか見た目のふわっとしたイメージと違う。対抗するわけではなかったが、鯨井もブラックで注文した。

「一人？　それとも待ち合わせ？」

「一人ですよ。私は大抵、一人です」

と、読んでいた本を閉じる彼女。

手作りと思《おぼ》しきカバーがかかっているので、タイトルは読めない。

「今日の私は、午後の仕事がオフになってしまって、時間を持て余していました。まあ、ありがちなのですが」

「仕事……ふうん。何してるの？」

平日の昼間である。少なくとも会社員ということはないのだろう——もっとも、それについては鯨井も似たり寄ったりだが。

「えーと、詳しくは話せないんですけれど、いろいろと調査を請け負《うお》っています。ただ、本日の調査は予想外に午前中で終わってしまって……仕事が速過ぎるのも考え物ですねえ」

暢気《のんき》な調子でそう言う——おっとりとして、とても、スピーディに仕事をこなすタイプには見えないけれど。調査……何かのアンケートでも取っていたのだろうか？　確かにこれほどの美人に声をかけられたら、どんなアンケートでも答えてしまいそうだが。

「あなたは何をされているんですか？」

「スイミングスクールのインストラクターなんかをやってるよ」

と、素性《すじょう》を明かす。

「へえ。道理で立派な身体《からだ》をされていると思いました。お仕事で、鍛えてらっしゃるんですね」

そう言われて、意外に思う。そんなに、身体のラインが出るような服を着てはいないはずなのだが……。

「名前、訊《き》いてもいいかな？　俺は鯨井って言うんだ」

「今日子《きょうこ》です。どうぞよろしく」

「今日子さん」

これもまた、あっさり教えてもらえて驚いた——思わず、意味もなく復唱してしまった。

この人、今日子さんは、見知らぬ、初対面の男性に対して、警戒心というものがないのだろうか？　将来的にアリバイさえ証言してくれるのなら、別につれなくあしらわれても、それはそれでいいと思っていたのだが……、なんだか、思いの外脈がある感じだ。ただ、これは警戒心がないと言うよりも、余裕があると言ったほうが正確なようにも感じた――たとえ何が起こっても自分の裁量で片づけられるというような余裕。

あるいは『今日子さん』というのは、偽名なのかもしれない――たとえそうだとしても、鯨井はそれほど困らないが。

「今日子さん、この店、よく来るの？」

運ばれてきたコーヒー（ちなみに、鯨井の常識に準拠するなら、ありえない値段のコーヒーである）を口にしながら（こちらも鯨井の常識に準拠するなら、ありえない苦味と酸味のコーヒーである）、そんな風に訊く。

これは単なる興味ではない。

もしも今日子さんが異邦人で、この店に来るのもこの町に来るのも初めてだというならば、後で足跡を辿《たど》るのが難しくなるだろうと危惧《きぐ》したのだ――気の回し過ぎではあるだろうが、しかし、完全なるアリバイを作るためなら、気は回せば回すほどよいだろう。

「さあ……どうなんでしょうね」

しかし、ここでは今日子さんは、妙にはぐらかすような答を返してきた。

「店員さんの態度からすれば、どうやら常連っぽいですけれど、わかりません」

「…………？　ふうん、そうかい」

にっこり微笑《ほほえ》んでそんな風に言われると、どうにも突っ込みづらい——まあ、午前中、この辺りで働いていたというのならば、そう遠くに住まいを構えているわけでもあるまいと、鯨井は判断する。さすがに初対面で、住所までを訊くわけにはいかないが……。

アリバイ証言者としての適切な距離感を考えるならば、電話番号やメールアドレスを訊くのも控えておいたほうがいいだろう。『この場限りの関係』を築くべきなのだ。惜しい気もするが、しかし再会は約束されているようなものなのだから、そこは気長に構えておいてもよかろう、だ。

とにかく今は、アリバイ工作に専心しよう。

「何を読んでたの？」

と、鯨井は今日子さんが閉じ、脇に置いた本を指す——やや分厚めの文庫本。正直、興味はなかったけれど、話題を繋《つな》がなくてはならない。

「推理小説ですよ。須永昼兵衛《すながひるべえ》の短編集です——読まれてますか？」

表紙を開いて中身を見せてくれた今日子さんだが、もちろん鯨井は知らない本だった——タイトルを聞いたこともない。ただ、推理小説という単語に、思わずぎくりとしてしまった——まさしくアリバイ工作中の彼としてみれば。

「面白いの？」

「面白いですよ。とても。おすすめです——特に今読み終わった短編『改心刑《かいしんけい》』は、傑作でした」

「へえ。どんな話だったの？」

「それは言えませんよ。ネタバレになりますから。推理小説ではタブーです」

「いいじゃない。教えてよ」

「駄目です」

そんなに知りたいわけでもなかったが、そこまで頑《かたく》なに拒絶されると、気になってしまうのも人情である。

「じゃあ、ネタバレにならない範囲で」

「短編小説ですからねえ。何を言ってもネタバレになりかねないのですが……、まあ、強《し》いて言うなら、逮捕された犯人が、その後、改心するというお話です」

さすがにそれでは何も伝わってこない。

自分で読むしかないのだろうか……そんな風に思い、一応、鯨井は本のタイトルと作者名を、スマートフォンのメモ帳に記録した。まあ、正直、読む機会があるとも思えないけれど、何かの役には立つかもしれない。

「他に何か、おすすめの推理小説って、ある？」

読書が趣味だと言うのなら、好きな本の感想を聞いているだけで時間が経つと思っていたけれど、そのアプローチでは、推理小説的なネタバレがネックになって今日子さんは口を閉ざしてしまうようだから、鯨井はそんな風に質問の仕方を変えた。この作戦はあたったよう

で、今日子さんは、

「私が好きなミステリーは、ちょっと昔の本になってしまうんですけれど……構いませんか？」

「うん、もちろん」

「では」

と、語り始める。

鯨井はそれを集中して聞く——それは当然、アリバイ工作のためなのだが、しかし楽しそうに好きな本について語る今日子さんが、魅力的だったからというのも、なかったわけではないのかもしれない。

3

その後鯨井は、今日子さんとはたっぷり、一時間以上話し続けた——素直な気持ちを言えば、もっと話し続けたいくらい楽しいやり取りだったが、それでは本末転倒だ。

「あっ……しまった。ごめん、俺、夜から約束があったんだった。もう行かなくちゃ」

多少言い訳っぽい、どころかわざとらしいが、そう言って、二人分の伝票を手に、鯨井は席を立つ——今日子さんも「そうですか」と、特に引き留めはしなかった。

とは言え別れ際に、今日子さんはにこやかに手を振りながらも「では、またいつか、どこかでお会いしたときは、一から口説《くど》いてくださいね」なんて言っていたので、やっぱり鯨井の突然の中座に気分を害していたのかもしれない——仕方がない。

もたもたしていて、誰かに先に、『現場』を発見されるわけにはいかないのだ――鯨井は第一発見者でなければならないのだ。むしろ第一発見者となるために、完全なるアリバイを作ろうとしたと言っても過言ではないのであり――最寄り駅まで気持ち早足で歩き、そして電車に乗る。

目的地――宇奈木《うなぎ》の住むマンションまで、さして時間はかからなかった。このマンションの702号室――かつては頻繁《ひんぱん》に足を運び、合鍵まで持っている部屋だ、迷うことはない。

しかし、とは言え緊張する。今ならまだ引き返せるんじゃないか、他に方法があったんじゃないか、というような誘惑にかられそうにもなる――だが、それが無理であることは、重々わかっていた。

既に取り返しはつかないのだ。

やるべきことをやる、なすべきことをなすだけだ――一応ポーズとして、702号室のインターホンを押してみるも、返事があるはずもない。二度、三度と押し続けてから、満を持してポケットから合鍵を取り出す。

ツーロックを上から順にあけて、ドアを開ける――薄暗い中、靴を脱《ぬ》いで一歩踏み込んだ時点で、覚悟は決まった。覚悟が決まったというより、感情が死んだというほうが正確かもしれないが。

自分が第一発見者なのだから、指紋のことは気にしなくてもいい――這入《はい》ってすぐの脱衣所の戸を開ける。誰もいない――ただ、洗面台のコンセントに差さったコードが、ぴんと張って、バスルームのほうへと伸びていた。コードが挟まれて、バスルームへの折り畳み戸は、完全に閉じ切ってはいない。

その戸も、鯨井は同じように開けた。洗面台から伸びたコードは、そのまま湯船に浸《つ》かっていて——大きなバスタブに浸かっているのはドライヤーで、そして予想通り。予定通り。

湯船の中では、宇奈木が死んでいた。

感電死……苦しみは一瞬だったのか、長く続いたのか、体験したことのない鯨井にはわかるはずもなかったが、ともかく静かに彼は、ズボンのポケットからスマートフォンを取り出して、生まれて初めて、パスワードを外す必要もなく、通話料のかからないあの番号へと電話をかける。

そしてできる限り慌てふためいた風に言った。

「も……もしもし！　け、警察ですか⁉　人が死んでいます！」

4

第一発見者としての鯨井を事情聴取したのは、肘折《ひじおり》という名前の強面《こわもて》の警部だった——あまりに強面過ぎて、鯨井は一瞬、ドアチェーンを外すのをためらったくらいだ。こんな漫画みたいな警察官が実在するとは思っておらず、自分がフィクションの世界に紛《まぎ》れ込んでしまったのかと当惑してしまった——それだけ、まだ足下《あしもと》がふわふわしている気分だったということかもしれない。

もっとも、肘折警部は見た目にそぐわぬ紳士的な態度で、鯨井から死体発見の経緯を聞き出した——『友人』の死体を発見することになった鯨井を気遣ってさえくれたのだから、人を外見で判断してはならないというのか、偏見でものを見てはならないというのか、ともかく鯨井は罪悪感さえ覚えた。

もっとも、虚偽《きょぎ》の証言をしている以上、彼が罪悪感を覚えるのは、当然と言えば当然なのだが。

『招かれてこの部屋を訪ねてきたら、バスルームで事故死している「友人」を見つけた』——それが鯨井の証言の要旨で、他に余計なことは何も言わなかった。取り繕《つくろ》おうとするからボロが出る。知恵を巡らすのは鯨井の仕事ではなく、警察の仕事だ。

当然ながら、その場でアリバイを訊かれるというようなことはなかった——今のところはバスルームにおける事故死の扱いだろうし、また、鑑識の結果が出るまでは、死亡推定時刻もわかるまい。今日、オープンカフェでしかけたアリバイ工作が効果を現すのは、後日のことだ。

その際、もしも今日子さんと顔を合わせることがあれば、中座した失礼を謝らないとな——などと、やや的外《まとはず》れなことを鯨井は考えながら、事件現場をあとにした。

さすがと言うべきか、警察の動きは思ったよりもはるかに早く、翌日には鯨井のアパートを、肘折警部は二人の部下と共に訪ねてきた。まあ、『風呂場でドライヤーを使って感電死した』なんてストーリーラインに、元より無理があるのだ、すぐに殺人を疑っていても不思議はない。

構わない。ストーリーラインがどれほど無理筋であろうとも、アリバイが完全ならば、誰も鯨井を有罪にすることはできないのだ。

「鯨井さん。失礼ながらあなたはどうやら、被害者の宇奈木さんとは、友人と言えるような関係ではなかったようですな——合鍵を渡されるほど仲がよかった時期は昔の話で、今は非常に険悪だったとか」

被害者、という言い方をした。宇奈木の奴が被害者か……、なんだか違和感を覚えるというか、首を傾《かし》げたくなる物言いだ。

「宇奈木さんのせいで、あなたは競泳界から追い出されたと、ほうぼうで愚痴《ぐち》っておいでだったそうじゃないですか……宇奈木さんとはここのところ、ほとんど絶縁状態だったそうですね。それなのにどうして昨日、宇奈木さんを訪ねられたのです？」

そういう話になるだろう、それは。ちょっと宇奈木の周辺を聞き込めば、簡単に判明する事実だ——もしもこんなことになるとわかっていたら、迂闊《うかつ》に宇奈木の悪口なんて言わなかっただろうが、残念ながら鯨井は予知能力者ではない。

「だから、呼び出されたからですよ……、もうお互い大人ですからね、そろそろ昔の恨み辛みを忘れて、旧交を温めるのも悪くないかなって思って」

「あなたは宇奈木さんに借金もされていたというのは本当ですか？」

割り込むようにそう言ったのは、肘折ではなく、後ろの部下だった。その血気盛んな表情から見るに、彼は完全に鯨井を犯人と決めつけているようだ――ひょっとしたら水泳選手としての宇奈木のファンだったのかもしれない。

宇奈木に借金をしたという記憶はなかったが、ひょっとすると仲がよかった頃に、いくらか生活費を借りていたかもしれない――それを言っているんだとすれば、やや的外れだ。

「部屋の中を調べてみたら、多額の現金がなくなっていました。鯨井さん、あなたはスポーツジムのインストラクターをされているとのことでしたが、実際には非常勤で、ほとんど働いてらっしゃらない――お金に困っていたということはありませんか？」

そんな無職みたいに言われるのは心外だったが、ただ、そこまで露骨に疑義を表明されたなら、こちらも話を運びやすくなる。

「知りませんよ。まさか俺を疑っているんですか？」

「失礼。教育が行き届いておりませんで」

肘折がここで、意外にも頭を下げる――強面の警部にそんなことをされると、調子が狂う。わかっていてやっているのなら、大したものだが。

「ただ、我々としてもあらゆる疑問を取り除いておきたいのです。なので、お聞かせ願えますか？　昨日の午後三時頃、鯨井さんはどこで何をしていましたか？」

「アリバイ調査って奴ですか」

ふっと笑って、鯨井は答える。いかにも、刑事ドラマで見た通りの手順だと言わんばかりの、軽薄な演技で――『あれ』は『日常のワンシーン』でしかないのだ、すぐに思い出すのは不自然だ。考え込む振りを、ここはするべきだろう。

「何せご指摘の通り、まともに働いていない身の上ですからね。うーん、確か、宇奈木に手土産でも買っていこうかと思って、早めに家を出て、外をぶらぶらして……」

「手土産？」

「あ、いいえ、結局何も買わなかったんです。久闊《きゅうかつ》を叙《じょ》すると言っても、変に迎合しているように見えても嫌だったんで……」

「買い物は一人で行かれたんですか？」

教育の行き届いていない部下からの質問に、「ええ、だからアリバイを証言してくれる人なんて……」と言いさして、

「ああ、でも、そうだ、そう言えば」

と、思い出した演技をする。

「三時頃ですよね？　その時間に、宇奈木の奴は殺されたんですか？」

「まだ殺されたと決まったわけではありません。いいから訊かれたことにだけ答えてください」

そんな風に身を乗り出す部下を肘折は制して、「そう言えば、どうされました？」と、あくまで紳士的に訊いてくる。

「女性に声をかけたんでした。あれが三時頃だったかな……しばらく話し込んだんですが」

「女性？　はあ。お知り合いのかたですか？」

「いえ、初対面で……」

ナンパしてたってことかよ、と、吐き捨てるようにもう一人の部下が言う――警察官を務めているだけのことはあって、堅い価値観の持ち主らしい。鯨井としても、ナンパという下卑《げび》た言われかたは心外だったが。

「ほんの一時間ほど、お茶をご一緒しただけですよ。連絡先も訊かずに別れてしまったので、こんなのはアリバイにはならないでしょうけれど……」

「いえ、店の名前と、その女性の特徴を詳しく教えてください。裏付けを取ることはできると思います」

当たり前だ。そうでなくては困る。裏付けを警察に任せるところが、この完全なるアリバイの肝《きも》なのだから。

「生憎《あいにく》、店の名前までは、覚えていません。レシート、あったっけな……」

「それでも、場所はわかりますよね」

「ええ。さすがに昨日のことですから、忘れたりはしません――」

鯨井は、わざとらしくならない程度につっかえつっかえ、店の場所を最寄り駅から説明する。教育がまるっきりなされていないわけでもないらしく、部下はスマートフォンの地図アプリで、該当のオープンカフェの場所をあっさりと突き止めた。

「ふむ。それで、お相手の女性は、どんなかただったんですか？」

「えーと、年齢は俺と同じくらいで、でも、総白髪で——」

「はあ⁉」

その瞬間、それまで一貫して、『容疑者』である鯨井に対して紳士的な態度を保っていた肘折が、素っ頓狂な大声を出した。その剣幕に戸惑いながらも、いったい何が肘折を刺激したのかわからないから、鯨井はそのまま続けざるを得ない。

「そ、総白髪で、おっとりと落ちついた雰囲気の、眼鏡をかけたお洒落《しゃれ》な女性で——推理小説を読みながら、ブラックコーヒーを飲んでいました。な、名前は——」

「今日子さん」

先回りして言われた。

ぎょっとした——どうしてそれを知っている？

驚く鯨井を無視するように、肘折は——それに、彼の二人の部下は、頭を抱えるようにしていた。

まったくわけがわからない。その態度から察するに、どうやら『今日子さん』のことを、少なくともそれらしい女性のことを、彼らは知っているようだが、だとすれば、裏付けを取る手間が省《はぶ》けたと、喜びこそすれ、頭を抱えるというリアクションは、どうにも理に適わない。

それとも、筆頭の容疑者である鯨井のアリバイが成立しそうだから、それを嘆き悲しんでいるのだろうか？　そう思ったけれど、しかし、肘折警部がやっと口にした言葉は、鯨井の予想とは正反対のものだった。

「鯨井さん。その人とお茶をしたのは、昨日のことなんですよね？　だったら可哀想ですが、あなたのアリバイは成立しませんよ」

「は？」

「なぜなら、その人——今日子さん。掟上《おきてがみ》今日子さんは、忘却探偵ですから」

忘却——探偵？

5

「は？　まったく知りません。鯨井さん？　誰ですかそれは。記憶の琴線《きんせん》にかすりもしません。一昨日《おととい》、お茶を飲みに行ったことも覚えていません。午前中も午後も、いったい私が何をしていたのか、ちっとも、これっぽっちもわかりません」

翌朝。果たして、警察署に呼び出した忘却探偵から、そんな予想通りの回答を得て、肘折警部は、昨日、容疑者のアパートでそうしたように、今一度頭を抱える——忘却探偵。

置手紙《おきてがみ》探偵事務所所長・掟上今日子。

総白髪に眼鏡、おっとりとした雰囲気の、若い女性——実にファッショナブルで、同じ服を着ているところを誰も見たことがないと言われている。一部ではアイドルめいた扱いも受けている、いわゆる『名探偵』なのだが、その中でもいささか奇異な存在である。

「……って言うか、あなたもあなたでどなたですか？　知り合いみたいな感じで私を呼び出されましたけれど、以前どこかで、お会いしたことがありますか？」

きょとんとして、そんなことを訊いてくる――その言葉にがっくりくる。肘折警部の警察官人生の中でも、相当印象深い数々の難事件――三連続誘拐殺人事件やシグナル亡命未遂事件――で、大袈裟《おおげさ》でなく生死を共にしたはずの相手から、そんな距離を取るようなことを言われるのは、何度経験しても愉快ではない。たとえそれが忘却探偵としての特性だと、頭ではわかっていてもだ。

「私は肘折と言います。肘折警部です。以前、あなたとは捜査を共にしたことがありまして」

「ははあ。警察に協力していたとは、探偵冥利《みょうり》に尽きますね。これはこれは、光栄です」

なんて、よくわからない受け答えをする今日子さん――しかしその後、「でも、私はそのことを忘れていますので、どうか思い出話はしないでくださいね。守秘義務を厳守しなければならない探偵という職務上、私は自分の仕事を覚えていてはならないので」と、続けるのだった。

そういうことである――掟上今日子。

脳の専門家ではない肘折警部には、その辺の正確な理屈はよくわからないのだが、ともかくひとつの事実として、今日子さんの記憶は一日ごとにリセットされる――経験が積み重ならない。

どんな一日を送ろうと、翌朝になればそれをすっかり忘れている――どんな難事件を解決しようと、どんな機密に踏み入ろうと、それを覚えていない。

個人情報や機密情報の流出が危惧されるこのご時世において、これ以上の守秘義務絶対厳守のすべはない——そんなわけで置手紙探偵事務所は、業界内において、他の追随《ついずい》を許さない、実に特殊な立ち位置を確保している。

ここだけの話、警察組織の上層部も、何度となく、彼女の世話になっているとのことだ——警察が民間の探偵に頼るなど、本来ならばあってはならないことなのだが、しかし、なにせ頼まれた探偵のほうがそれを忘れてしまうというのだから、そこに妙な癒着《ゆちゃく》も生じない。

かように、場合によって非常に重宝《ちょうほう》される忘却探偵ではあるのだけれど——しかし、アリバイの証言者として事件に登場するとなると、話は別だった。

むしろこれなら、容疑者に強固なアリバイがあるほうが、まだマシなくらいだった——もちろん、そのオープンカフェの店員や、近隣の防犯カメラの映像を精査すれば、多少の裏付けは取れるかもしれないけれど、肝心要《かんじんかなめ》、容疑者と面と向かって話していたはずの人物が、それをまったく覚えていないというのでは、話にならない。

こんな不完全なアリバイは、肘折警部はかつて聞いたことがなかった——とは言え、それで目の前の探偵を責めても仕方のないことだ。

「わかりました。本日はこんな早朝からお呼び立てしてしまって申し訳ありませんでした、今日子さん——ありがとうございます」

「はい。お役に立てなくて申し訳ございません」

言って、座ったまま深々と、テーブルにぶつけるんじゃないかというくらいに頭を下げる今日子さんだった――そしてそのまま、なかなかその白髪頭を起こさない。

そこまで申し訳なく思うようなことではない、と肘折警部はフォローをしかけたが、しかし考えてみれば、今日子さんはその事実そのものを記憶していないのだから、申し訳なく感じる理屈がなく、ならばこの謝罪には社交辞令以上の意味はないようにも思える。

していううちに今日子さんはようやっと顔を起こし、そしてにこにこと、肘折警部に笑顔を向けるのだった――なぜ笑顔を向ける？

「……あの、今日子さん」

「はい、なんでしょう」

「えっと……、もう、お訊きすることはありませんので、お帰りいただいて結構ですよ？」

「はあ」

と、受けるものの、探偵に帰ろうとする素振《そぶ》りはない――席を立とうともしない。ただ沈黙のままに、目顔で何かを訴えてくる。

「な、なにかそちらから、ご用でもありましたか？」

「ああ、いえ、そんな風に強く催促《さいそく》されてしまうと、こちらも遠慮がちに切り出さざるを得ないのですが」

待ってましたとばかりに始める今日子さん。

「一市民として、警察のお役に立てなかったことを、私は非常に心苦しく思っております。なのでどうでしょう、是非、この置手紙探偵事務所所長・掟上今日子に、警部のお力にならせていただけませんか？　及ばずながら、その事件の調査を手伝わせていただきますよ」

「て、手伝って……くれるんですか？」

「ええ、もちろん、守秘義務は厳守いたします」

忘却探偵としての売り文句を口にする今日子さん――それは何とも、魅惑的な誘惑だった。願ってもないと言っていい――守秘義務云々《うんぬん》を差し引いても、そもそも置手紙探偵事務所が重宝される理由は、根本的に掟上今日子という探偵が、突き抜けて有能だからである。

そうでなければ、いくら秘密を守れようと、重用はされまい。どんな事件でも一日以内に解決する、最速の探偵（それは一日以上かけると、事件のことを忘れてしまうからでもあるが）――そんな今日子さんが、まさか無償で事件の捜査に協力してくれるだなんて。

「え？　無償ではありませんよ？」

何をわけのわからないことを仰《おっしゃ》っているんですかあなたはと言わんばかりに、今日子さんはきっぱりと断りを入れた。

「大人がただで働くわけがないでしょう。今なら特別サービスで、消費税分くらいは負けて差し上げますと、申し上げたのです」

「……その価格表示は、法令違反ですが」

証言者として役に立てなかったお詫びの気持ちなど、やはりほとんどなく、これはただのふてぶてしいセールストークだったらしい。

おっとりした風で、ちゃっかりしている。

この辺りは職業探偵の面目躍如《めんもくやくじょ》か……興味や関心だけで謎解きをする探偵では、今日子さんはないのである。

「でもまあ、一割も値下げしてもらえるだけでも、ありがたいですよ。わかりました、正式に協力を要請します、今日子さん」

肘折警部はそう言って彼女に握手を求めようとしたが、しかし当の彼女は、当惑したようにこう言った。

「消費税って……いつの間に10パーセントになったんです？」

6

わずか数パーセントとは言え、想定よりも多めに割引してしまったことを今日子さんが全身で悔いている間に、肘折警部は手続きを済ませた。つまり、直属の上司に、民間の探偵業者に協力を仰ぐことへの許可を取った——最初は難色を示した上司だが、相手が置手紙探偵事務所の掟上今日子だと知って、態度を豹変《ひょうへん》させた。上司はまた、上司の上司に許可を取り、上司の上司が上司の上司の上司に許可を取り——一時間後には、すべての問題はクリアになった。

まあ、忘却探偵の有能さもさることながら、単純に、警察上層部にはあの才媛《さいえん》のファンも多いのだ。

今日子さんと直接のつき合いのある肘折警部は、単純にそうとは言い切れない、むしろ迷惑をかけられがちなので、辟易《へきえき》することもあるのだが……それでも、事件解決のためになら、多少のわがままに振り回されるくらい、ものの数ではなかった。

「被害者は宇奈木九五《きゅうご》——水泳選手です。ご存知ですか？」

価格交渉に失敗したショックからようやく回復した今日子さんにそう切り出すと、彼女は首を振って、「不勉強ながら」と否定した。

これは無理もない——と言うか、当然だ。

消費税アップのことを知らなかったよう、正確に言うと忘れていたよう、継続的に記憶を保持できない今日子さんは、ある時期から先の知識が、更新されていない。ここ数年でめきめき頭角を現してきた水泳選手の宇奈木を知っているはずがないだろう。

まして、容疑者の鯨井のことなど。

「二十七歳ですか。まだ若いのに、お気の毒に」

と、被害者の顔写真に対して、手を合わせる今日子さん。しばし神妙な表情でそうしていたかと思うと、

「で、死因は？」

と、話を進める。この辺りの切り替えの早さは、警察官顔負けのプロフェッショナルだ。

「バスルームにおける感電死です……まあ、自宅での死に場所としては、風呂場というのはありがちなんですが、しかし感電死となると、どうなんでしょうね」

言いながら、捜査資料の中から、被害者の死体の写真を取り出そうとして、一瞬、躊躇《ちゅうちょ》す

る肘折警部。死体の写真なんて、女性に見せるには刺激的かもしれないという常識が働いたからだったが、当の今日子さんは、「お気になさらず、警部さん」と言う。

「どんな凄惨な事件現場の写真を見ても、私、明日には忘れていますから。トラウマになんてなりません」

そうだ、それも忘却探偵の利点のひとつだった。忘却探偵は、その手の職業病みたいなものとは無縁なのだ——自信を持っていいとは言わないまでも、一応人並みの記憶力を持つ肘折警部にはただ漠然と想像することしかできないけれど、『どうせ忘れる』と思って接するならば、案外、恐怖や嫌悪を、人は感じなくなってしまうのかもしれない。

それが幸せなことなのかどうかはわからないが……、少なくとも探偵としては、感情を乱されることなく、冷静な判断が下せよう。

肘折警部は数枚の写真を渡す——湯船の中で死んでいる、宇奈木の写真。

「あら。思ったよりも、穏やかな表情で逝《い》かれたのですね。感電死と仰るから、目を剝《む》いて、口を大きく開いて亡くなったのかと思いましたが」

「まあ、そういう例もありますが……、今回は、苦しむ間もなかったんでしょうな」

「水泳選手が、湯船の中でお亡くなりになるとは、なんとも皮肉ですね。ふーむ。しかし、さすがはアスリート。すばらしい筋肉をしてらっしゃる」

当たり前ながら、バスタブの中の宇奈木は裸なのだが、それをさしたる照れもなく、検分する今日子さんだった——そういう意味でも刺激的な写真だと肘折警部は思っていたのだが、その点も気の回し過ぎだったようだ。

「バスタブの中に落ちているのは、ドライヤーですか？　コードが伸びていて……、んん？　つまり、入浴中にこのドライヤーをバスタブに落として、それで感電死されたと？」

「最初はそう考えました――しかし」

「そんなわけがない、と？」

頷《うなず》く肘折警部。

いや、もちろん、断言はできない。世の中にはいわゆる家電を、信じられないような使い方をする、のっぴきならない人間が多々いるものだ。そうでなければ、家電の説明書はあんなに分厚くはならない――風呂の中で湯船に浸かりながら、洗った髪を乾かそうなんてほとんど自殺行為だが、怯《ひる》まずそうする豪の者がいても、不思議ではないのかもしれない。そして豪の者とて、持っているものを手を滑《すべ》らして落とすこともあるだろう。

「ただ、将来を嘱望《しょくぼう》される水泳選手が、そんな間抜けな……失礼、不名誉な死に方をするとは、思いにくいんです。それよりも」

「それよりも、入浴中の宇奈木さんのバスタブに、ドライヤーを放り込んだ第三者がいると考えるほうが理に適っている、と？」

今度は頷き損ねた――そんな風に先回りを繰り返されると、なんだか自分が、浅い推理をしているような気分になる。そんな肘折警部の心中を察したのか、今日子さんは「だとすれば、私もまったく同感ですね」と、付け加えた。

「一風変わった殺し方にも思えますが、身体を鍛えてらっしゃるアスリートを、殴ったり刺したりで殺すよりも、入浴中を狙うというのは、ある程度、合理的でしょう。裸では抵抗もしづらいでしょうし……」

「……さっき今日子さんは、水泳選手が湯船の中で死ぬというのは皮肉だと仰いましたが、もうひとつ皮肉なエピソードがありましてね。宇奈木さんの、ファンの間でのニックネームは、『プールのウナギ』だったそうです」

「ウナギ？　ああ、宇奈木さんだから。でも、それがどうして皮肉なのですか？」

「え、だから、電気鰻……」

「……なるほど。感電死ですしね。でも、電気鰻はウナギじゃないですよ」

だからそれは見立てとしては、いささかこじつけが過ぎるでしょうね――と、今日子さんに言われ、肘折警部は出鼻をくじかれた気持ちになる。しかし取り直して、

「ですから、被害者に近しい者が、あえてそういう殺し方を選んだのではないか……そう考えて、我々は宇奈木さんの周辺を洗ったのですが、意外なことに、第一発見者である被害者の友人が、最有力の容疑者としてあがりました」

と続けた。

「第一発見者を疑えというのは、私のような探偵にとっては、常識みたいなものですが……、そのかたが、私にお茶を、正確にはコーヒーをおごってくださった、鯨井さんなのですか？」

「はい。鯨井留可《るか》です……被害者の友人、と言いましたが、友人関係だったのはあくまでも昔の話で、ある時期以降はほとんど没交渉だったようです」

「……疎遠になったということですか？」

「と言うより、不仲になったということです。険悪と言ってもいいほどに。それが殺意にまで直結するかどうかは、判断しかねますが……ただ、そんな人物が第一発見者であるという点は、見過ごせません」

「見過ごせませんねえ」

言って、今日子さんは肩をすくめる。

「これが推理小説だったなら、あまりに疑わし過ぎて、逆に容疑をかけづらいところですが……、ノンフィクションですしね。ただ、そのかたが第一発見者となって通報した時間と、被害者の死亡推定時刻は、ズレているんですよね？　だからアリバイの裏付けを取るために、私をお呼びになった」

「察しがよくて助かりますよ。被害者の死亡推定時刻は午後三時五分です。あなたに聞こうとしたのは、そのときの、鯨井さんのアリバイなのです」

「？　三時……五分？　死亡推定時刻が、分単位でわかっているんですか？」

怪訝《けげん》そうに今日子さんは言う――そりゃあそうだろう、普通、死ぬ瞬間を目撃されてでもない限り、死亡推定時刻には、数時間の幅を持たせるものである。どれだけ発見が早かろうと、分単位の特定なんて、できるはずもない。

ただ、今回に限っては、それができたのだ。

「部屋のブレーカーが落ちたんですよ。恐らく、浴槽にドライヤーが落ちたときに」

「はあ」

「その結果、室内の電化製品が、すべて停止しました――結果、ブレーカーの落ちた時刻、即《すなわ》ち宇奈木さんが感電死した時刻がはっきりするわけです」

「……しますか？　ブレーカーがいつ落ちたかなんて……」

「たとえば、タイムシフトマシンが、その時刻で録画を停止しますからね。保存されているテレビ番組が、途絶えた時間を調べれば……」

言い掛けて、今日子さんの白髪周辺に、クエスチョンマークが乱舞していることに気付く肘折警部――そうだった、タイムシフトマシンの説明が必要だ。ああいった録画機器はドライヤーやらとは違って最近になって登場した家電なので、今日子さんの記憶の範囲外である。

「はあ。なるほど。テレビ番組を二十四時間、数日に亘《わた》ってまるまる録画してしまうとは、驚きの機能ですね。私にもそのくらいの記憶力があればいいのですが――ただそれは、ブレーカーの落ちた時刻がわかるという意味であって、被害者の死亡時刻がわかるという意味ではありませんよね？」

「……？　そのふたつに、違いがありますか？」

「あるかもしれませんし、ないかもしれません――たとえば、タイムシフト機能をある時刻に停止させれば、その時間にブレーカーが落ちたと、装うことが可能かも……」

今日子さんが例示するその推理に、肘折警部は驚く——もちろん、原理的にはそれは、針を恣意的《しいてき》に動かした時計を壊すような、昔ながらのアリバイ工作と同一なのだが、タイムシフトマシン自体をさっき知ったばかりの彼女が、即座にそんな推理を構築しようとは、やはり名探偵と呼ばれるだけのことはある。

「タイムシフトマシンだけのことならそうかもしれませんが、今時、部屋の中は家電であふれていますからね。そのすべてのタイマーを、同時に止めるのは難しいと思いますよ」

「ですか。ま、その辺りはこのあと現場を見せていただくとして……、死亡推定時刻の三時五分に、最有力の容疑者である鯨井さんは、私と会っていたと仰っているのですね？」

「そうです」

「じゃあ、犯人じゃないじゃないですか」

「……あなたが彼のアリバイを証言できるのでしたら、そういうことになりますね」

さりげなく、このあと今日子さんを現場に連れて行くことを既成事実のように語られてしまったが、ともかくそこがネックだった。

不完全ながらも容疑者にはアリバイがある。

「私の証言はまったくアテにはなりませんよ。なので引き続き、鯨井さんは最有力の容疑者ということになりますね」

と、悪びれもせずに言う今日子さん。こうなると、鯨井が哀れにさえ思えてくる——本来、名探偵がアリバイの証言をしてくれるなど、そんな完全なアリバイもなかったはずなのに。

もっとも、哀れなのは、彼が殺人犯でなかった場合に限っての話だが――今日子さんの言う通り、目下彼は、殺人事件の容疑者のままである。

「鯨井さんは、被害者に呼び出されてマンションを訪れたと言っているんですよね？　その裏付けは取れているんですか？」

「ええ。スマートフォンに通話記録がありました。宇奈木さんのほうから、鯨井さんに、ここ最近、何度か連絡を取っています――通話内容まではわかりませんが、借金返済の催促だった可能性も」

「だとすると、それが殺意のトリガーになったのかもしれませんねえ。ふうむ……ただ、そうなると、別の疑問も出てきます」

「別の疑問？　なんですか？」

「いえ、この捜査資料によると、鯨井さんはかつて、宇奈木さんと鎬《しのぎ》を削《けず》る競泳選手で、今もスポーツジムのインストラクターをされているとか。だとすると、フィジカル面には自信がありそうですよね。なのに、こんな込み入った殺し方を選びますかね？」

それは、肘折警部が持っていなかった着眼点だった――昨日一昨日と、鯨井と会った印象からすると、確かに彼は、競泳界を引退した後も、怠《なま》けることなく鍛えているようだった。それが仕事だと言えば仕事なのだろうが、インストラクターの職が非常勤であることを思えば、現役時代の癖みたいなものなのかもしれない。

ともかく、入浴中に感電死させるという殺し方が、アスリートの宇奈木と取っ組み合いになるのを避けるためなのだとしたら、そのイメージと、鯨井はあまりそぐわない。

「鍛えていても、現役選手の宇奈木さんには敵《かな》わない——と判断したのかもしれませんが、だとしたら、随分《ずいぶん》と気弱ですよねえ」

「万全を期した……のかもしれませんが」

「あるいは」

と、今日子さんは捜査資料をぱさりとテーブルに置く——どうやら一通り、目を通し終わったらしい。

「その殺害手段がアリバイ工作に必要だったから」

「アリバイ工作に……ですか？」

「私は証言できませんが、仮に鯨井さんのアリバイ、現場不在証明が本物なのだとすれば、そういうことになりますよね——ご自身のアリバイを成立させるためには、その殺し方しかなかった、と」

7

民間人である今日子さんを事件現場に連れて行くのにはまた別の許可が必要だったので、到着する頃には午後になっていた。勇気を出して昼ご飯に誘ってみたが、「今は時間が惜しいので」と、やんわりと断られてしまった——とは言え、事実上一日以上の調査ができない忘却探偵には、のんびりと食事をとっている時間がないことは事実である。まあ、警察車両の中で並んで菓子パンを食べるのも、乙《おつ》と言えば乙だろう。

「オリンピック候補生と目されるアスリートのお住まいとしては、なんというか……普通のマンションですね。有名人なのですから、もっとセキュリティの堅い家に住んでいるものかと思っていました」

「実際にオリンピックで金メダルでも取れば、また違うのかもしれませんが……、アスリートというのは、イメージほど儲《もう》かる職業ではないようです」

もちろん、二階建ての古いアパート住まいの鯨井とは、比べるべくもない生活環境ではあるだろうが……知名度は必ずしも、収入に直結するものではないらしい。

「オートロックではなく、出入り口に防犯カメラもなし……、エレベーターの中に防犯カメラはあるものの、階段を使えば、それは回避できる……宇奈木さんの部屋は七階ですよね？」

「はい、702号室ですから」

「それなら私でも階段で登れますね」

着々と、現場に這入る前から現場検証を開始しつつ、702号室の前につく——もう警察としての捜索活動は済んでいるので、立ち入り禁止にもなっていないし、見張り番もいない。管理会社から借りてきた鍵で、肘折は玄関を開けた。

「宇奈木さんは、一人暮らしですよね？　一人暮らしにしては、広い部屋を借りてらしたようですね。ワンルームマンションのほうが、逆に設備の整ったところに住めそうでさえありますが」

家の中に這入り、玄関から見える扉の数が多いのを受けて、今日子さんがそう言った。それは肘折が最初にこの部屋に来たときに抱いたのと、同じ疑問だった。

「社交的な性格だったようで、友達や後輩を呼べるように、広めの部屋を借りていたそうです……、容疑者の鯨井さんも、かつてはよく訪れていたとか。それで合鍵を持っていたわけです」

「その話だと、合鍵を持っていたのは鯨井さんだけではないのでしょうね……、最有力の容疑者は鯨井さんだということでしたが、第二、第三の容疑者はおられるのですか？」

「これといって……そういう意味では、鯨井さんは唯一の容疑者と言えるかもしれません」

だから、もしも彼のアリバイが本物だったなら、容疑者がいないという困った状況になってしまうわけだ。

「現金がなくなっていることを思うと、行きずりの強盗による犯行という可能性も、ないではないのですが、しかし強引に侵入した形跡はありませんから——どこの窓も割れていませんし、風呂場にはそもそも窓がありません」

「でも、事故死だとすると、現金がなくなっているのはおかしいんですよね？」

「とも言い切れません。貴金属ではなく、なにせ、現金ですから。本人が使ってしまっただけかもしれません」

「つまり、事故死の線も消えていないわけですね——さてと」

言いながら、今日子さんは脱衣所の扉を開ける。そのままバスルームの折り畳み戸も開けて、中を見る——さすがに靴下のまま洗い場に踏み込みはしなかったが、相変わらず、流れるような無駄のない動線だ。見習わせるために、部下を連れてくればよかったとさえ思わされる。

「お風呂も広い……ですね。洗い場も、バスタブも……」

言いながら振り返り、洗面台そばのコンセントを見る。目測で距離を測《はか》っているようだ。

「ドライヤーのコードって、一般的にそんな長いものじゃないと思うんですけれど……、結構危うい距離ですよね。洗面台のコンセントに差して、バスタブに、届くかどうか」

「届いてはいましたよ、ぎりぎり」

「それはそうでしょうが、使い勝手がいいとはやっぱり、言えないでしょう。そんな不自由な思いをしてまで、急いで髪を乾かそうとはしないと思います——よっぽどの楽天家でもない限り、コードが突っ張って、ドライヤーを取り落とす可能性を考えそうなものです」

「では、やはり、事故死ではないと？」

「さあ……でも、殺人の道具に使うにしても、コードの長さが頼りないことには、変わりないように思えます」

事故死に見せかけるのに無理があっても、ドライヤーを使う必然性があったのでしょうか、と言いながら、今日子さんは靴下を脱ぐ。靴下とは言え、脱ぐ動作が妙にセクシーだったので、肘折警部は思わず目を逸らした——見直すと、もうそこにはいない。裸足になった彼女は、バスルームの中を検分していた。

「よっと」

と言って、躊躇なく浴槽に入る――お湯を張っていないので、それで濡《ぬ》れることもないのだが、行動の思い切りが、いちいちよ過ぎる。どうやら被害者と同じ姿勢になってみようという魂胆《こんたん》らしいが。

「今日子さん、何か仮説でもあるんですか？」

「いえ、今のところは何も。ただ、思いついたことを全部やってみているだけです」

言いながらバスタブの中で足を伸ばし、カランに触れてみる今日子さん――小柄な彼女の体格なら、伸び伸びと入浴できるサイズのユニットバスである。まあ、つい最近人が死んだ場所で、足を伸ばせる彼女の神経は、随分と図太いと言わざるを得ないが……百戦錬磨《れんま》の肘折警部でも、やれと言われれば物怖《ものお》じする行為だ。

「んー」

腕組みをし、立ち上がる。そして難しそうな顔をしたまま、脱衣所に戻ってきた。

「何かわかりましたか？」

「わかったこともありますが、わからないことも増えました」

それこそわけのわからないことを言って、それから今日子さんは一時間にわたり、宇奈木宅、２ＬＤＫの部屋を隅から隅まで探索したのだった。警察が一度調べている部屋なので、それで新たな証拠が出てくるというようなことはなかったが、今日子さんはその徒労に、さしてがっかりした風もなかった。

「仰っていた通り、窓から誰かが侵入した形跡もありませんね……、しかし、よく整頓された部屋です。男性の一人暮らしにしては片付いていると言いますか……それとも、警察のかたが、探索にあたり、整理されたのですか？」

「いえ、警察はそこまで行き届いたサービスを提供したりはしませんよ……」

言われるまでは大して意識はしなかったが、確かに、宇奈木の住まいはこざっぱりとして、綺麗《きれい》なものだった。探偵ならではと言うより、これは女性ならではの視点と言うべきか——しかし、それが事件に関係しているとは思いにくいけれど。

「わかりませんよ。宇奈木さんではなく、犯人が片付けたのかもしれません」

「な、何のためにです？」

「それがわかれば探偵はいりませんね」

微笑んで、今日子さんはリビングのソファに腰掛けた。まるでここが自室であるかのような、優雅な振る舞いである——一人だけ立っているのも所在がなかったので、肘折警部も、その正面に座った。

「これと言って証拠は見つかりませんでしたが、印象でものを言わせていただければ」

と、そのタイミングで今日子さんは切り出した。

「鯨井さんは真っ黒ですね。第一発見者であることを差し引いて考えても、怪し過ぎます」

「そうですか……たとえば、どういう点がですか？」

「インターホンを何度も鳴らして、反応がないのを不審に思い、合鍵で中に這入った——これはまあ、いいでしょう。合鍵をどうして持ってきたのかという疑問は、この際、棚上《たなあ》げにします。しかしながら、通報を受けて、警部さんがこの部屋を訪れたとき、いったん玄関を開けた鯨井さんは、その後、ドアチェーンを外されたとか？ ……普通、人の家のドアチェーンをかけますかね？」

「ん……」

「と言うか、鍵自体、締めませんよね——締める理由があったとするなら、それはなんでしょうか」

「……邪魔されたくない、かつ後ろめたい行為を、鯨井さんが、部屋の中でしていたから——ですか？ 現場の後始末……」

「部屋全体を片付けるような時間があったとまでは思えませんけれど……バスルームに細工くらいは、できたかもしれませんね。殺人の痕跡の始末、とか？」

所詮《しょせん》仮説ですが、と、今日子さんは注釈《ちゅうしゃく》する。

まあ確かに、現時点で鯨井相手に、どうしてあのときドアチェーンをかけていたんだと問いつめても、『なんとなく』と返されてしまえば、そこから先、追及するすべはない。

推理小説さながらに、小さな疑問点や矛盾点《むじゅんてん》をどれほど積み重ねても、現実の事件においては『なんとなく』で、大体の物事は解決してしまうのだ——それこそ、探偵はいらない。

だから探偵は、もっと根本的な疑問や矛盾を突かなければならないのである。

「それに、どんなに疑わしかろうと——いえ、疑わしければ疑わしいほどに、疑わしきは罰せずが、法の理念です。推定無罪の原則に基《もと》づくなら、心証が真っ黒だろうと、物証がない以上、鯨井さんは真っ白だと、言わざるを得ないでしょうねえ」

「…………」

「え？　あれ？　ひょっとして私が忘れているだけで、法の理念も原則も、消費税みたいに変わっちゃってます？」

「いえ、まさか、そんな、そこまでは」

ただ、警察官としてはあるまじきことだが——しかし警察官なんてやっていると、それは理念でも原則でもなく建前だと、世の中に絶望してしまうことも少なくない。

ある意味、警察よりもグレーな領域で仕事をすることになる探偵でありながら、イノセントにそんなことを言えてしまう今日子さんに、感嘆してしまう——もっとも、世の中に絶望しようとどうしようと、それを忘れることのできる今日子さんゆえと、言えるかもしれない。

それこそ、罪を憎んで人を憎まずを、忘却探偵ははばかることなく、体現しているとも言える。

「仮定の話ばかりで申し訳ありませんが、警部さん。もしも、鯨井さんのアリバイが成立していたら、今頃、どうなっていたのでしょうか？　つまり、私が忘却探偵でなく、鯨井さんのアリバイをきちんと証言できていた場合は」

「その場合は……」

まさしく仮定の話ではあるし、そして肘折警部の一存でどうこうできる話ではないのだが、それでも経験に則《のっと》り、所見を述《の》べることくらいはできる。

「容疑者リストから外れていたでしょうね。現場不在証明が成立してしまえば、いかに容疑が濃かろうと、起訴には持ち込めません――逮捕状も出ないでしょう。当然、アリバイの証言者……、つまり、あなたが鯨井さんの共犯者であり、鯨井さんを庇《かば》うために偽証していないかどうかを精査する必要はあるでしょうが……」

ただ、庇う理由がこの場合は、ない――無意味とわかっていつつも念のために調べてはみたが、掟上今日子と鯨井容疑者の間には、一昨日以前の接点は確認できなかった。まるっきりの初対面だという――たとえ会っていても、忘却探偵はそれを忘れているのだが。

「今頃、ということでしたら、ですから、別の容疑者を捜しているんじゃあないでしょうか」

「…………」

ふうむ、と今日子さんはそれを聞いて考え込むように腕を組む――自分が証言できていれば、一人の容疑者の疑いを晴らせていたという事実に、責任を感じているわけでもなかろうが。

肘折警部から見れば、今となってはむしろ、その成立し損なったアリバイに、作為を感じずにはいられないけれど――もちろんそれについても、疑わしきは罰せずである。理念だろうが建前だろうが、なんだろうが。

しかしここで今日子さんは、

「私のせいで、容疑者リストから外れられなかった鯨井さんに、それでは謝罪に行くとしましょうか」

などと言い出した。

申し訳なさそう——ではなく、どちらかと言うと、ただただ悪戯《いたずら》っぽい表情である。

8

警察の捜査が混乱し、行き詰まっているという点においては、鯨井のアリバイ工作はまるっきり失敗したとは言えないけれど、だからと言って当然ながら、彼が安らかな気持ちで現在を暮らしているとは言い難かった。

まさか自身のアリバイの証言者として選んだ相手が、それをまったく覚えていないなんて展開は、さすがに想定していなかった——忘却探偵なんて職業がこの世にあるなんて、想定できるはずもないので、反省のしようがないが。

まったく、世の中は広い。

現状、拘束されていないことを思えば、アリバイが不成立とまではなっていないのだろうが……、不成立でなくとも不完全では、先の見通しが立たなくなってしまった。アリバイさえ完全なら、どれだけ疑わしかろうと、疑われるだけだと思っていたのだが……。

昨日は気晴らしにと、彼女が読んでいた本をネットで注文して、その日のうちに届いたそれを、夜遅くまで読んでいた。気晴らしというより、それは一昨日、あの白髪の女性と会って、話をしたという証拠を求めての行為だった——鯨井は推理小説のみならず、活字自体を読み慣れていないので、短編一本読むのがやっとだったが。

彼女があの日読んでいて、面白いと勧めてくれていた、須永昼兵衛の短編『改心刑』である。

奇妙な話だった。

鯨井がこれまで読んだ数少ない推理小説や、ドラマやら映画やらの映像作品から抱いているミステリーのイメージからは、大きく乖離《かいり》した内容だった——鯨井はそちらにも造詣が深いわけでもないので、確かなことは言えないのだが、ミステリーというよりSFやファンタジーめいた小説であるように思えた。

昔々あるところに、極悪人がいた——それはまさしく極悪人というしかない、生粋《きっすい》の極悪人だった。六法全書に掲載されているすべての犯罪をコンプリートしたとも、この世の犯罪のすべては彼が犯したとも噂される、極めて悪い人だった。

そんな彼もとうとう年貢《ねんぐ》の納め時。

逮捕され、起訴され、有罪が確定した。当然ながら極刑が言い渡された——どんな死刑反対派の人権論者も、彼の死刑には賛成せざるを得なかった。

たった一人を除いて。

その一人は高名な心理学者にして外科医にして裁判官の反峰《そりみね》という男で、たとえ彼ほどの極悪人であろうとも、殺して終わりにするべきではないと言い切った。極悪人だから殺すべきだというのであれば、極悪人でなくせばいいのだ——と。

改心させればいいのだと。

当然ながら極悪人は極悪人だから、改心などするような男ではなかったが、しかし反峰が言う改心とは、そういう意味ではなかった。文字通りに、『心を改めて』しまえばいいという、そういう考えかただった。

そんなまだるっこしいことをせずに即座に死刑を実行すべきだという世論の反発を押さえ、反峰は極悪人に外科手術を敢行《かんこう》した。

果たして極悪人は、生まれ変わった。

他人の気持ちを理解し、他人のことを信じ、他人のために働き、素直なものの見方をし、弱い者の味方をし、誰も傷つけず、謙虚《けんきょ》で心優しい――善人へと生まれ変わった。

そして釈放された極悪人、改め極善人は――

「ごめんくださーい」

と、そこまで短編小説の内容を思い出したところで、アパートのドアをノックする音と、女性の声が聞こえた。

暢気そうな声だったので、ついついうっかり、警戒せずに開けてしまったが、廊下に立っていたのは強面の肘折警部と、そして、たとえ向こうが忘れようともこちらは忘れるはずもない、総白髪の『今日子さん』だった。

「あ……えっと」

動揺を隠すことに全力を使わねばならなかった――いや、慌てるな。今日はあの、教育の行き届いていない二人の部下はいない——逮捕状を持って、鯨井を拘束しに来たというわけではなさそうだ。

むしろ、鯨井のアリバイのキーパーソンとなる今日子さんを同行してやってきたことから考えると、そう悲観した展開でもない——忘れているとは言っても、顔を見れば思い出すかもしれないということで、彼女を鯨井のところに連れてきたのでは？

だとすると、邪険にするわけにはいかない。首実検にあたり、愛想良くしておいたほうがよさそうだ。

「警部さん、それに……今日子さん、だよね？　何かご用ですか？　事件に進展でも？」

「いいえ、鋭意捜査中でして……如何《いかが》ですか？」

と、肘折警部は今日子さんに訊いた——やはり首実検なのか？

「うーん、やっぱり顔を見ても思い出せませんね。……掟上今日子です。初めまして」

そう言ってぺこりと頭を下げる今日子さん。

なんだか悪い冗談のようだが……鯨井も、こうして対面するまでは信じ切れずにいたけれど、本当にすっかり、あの日の出来事を忘れてしまっているらしい。

自分が記憶するに足りない、つまらない男だと言われているようで、内心忸怩《じくじ》たる気分にもなったが、そういうことではないのだろう——一日ごとに記憶がリセットされる、忘却探偵。

一から口説いてくださいね——と、別れ際に彼女がそんな風に言っていたのを、もっと重くとらえておくべきだったと言えばおくべきだったのだろうが、そんなの、あの時点でわかるはずもない。

「鯨井留可です。……初めましてではないんだけれど、初めまして」

「鯨井さん。あなたが一昨日の三時頃、話をされたという女性は、このかたで間違いありませんか？」

「はい、間違いありません」

肘折警部からの念押しじみた確認に、そう答える鯨井――まあ、鯨井のほうから一方的に記憶していたところで、アリバイは成立しないのだが、しかしこんな特徴的な女性を、見間違うわけもない。

「今日子さん、本当に俺のこと、覚えてないの？」

一応、そんな風に訊いてみるも、「まったく、これっぽっちも」と、必要以上に強く否定された。

「ごめんなさい、鯨井さん。あなたのアリバイを証言できたらよかったんですけれど――中に這入ってもよろしいですか？」

「え？」

「中。寒いので」

「あ、うん……構わないけれど」

「ありがとうございます」

自然な流れで頼まれたので、自然に承諾《しょうだく》してしまったけれど、寒いから中に入れてくれというのは、思えば図々《ずうずう》しい要求である。しかも、今日子さんのみならず、警察の人間である肘折警部まで部屋の中に入れることになってしまった——これは明らかな失策だった。

別に部屋の中にやましい事物があるわけでもないから、構わなくはあるのだが、この白髪女性を前にすると、どうもペースが狂う。

のらりくらりとかわされる——のではなく、のらりくらりと、踏み入られている気分だ。こうして実際に、自室の中に踏み入られたわけだし……。

「警部さん、コーヒーでも飲まれますか？　今日子さんは、ブラックだったよね？」

さりげなく、一昨日会ったときのエピソードを交えながら、飲み物を用意する鯨井——何が珍しいのか、今日子さんはその間、きょろきょろと部屋の中を見回していた。

「しかし驚いたよ。今日子さんが探偵だったなんて」

「そう言いませんでしたか？　一昨日の私は」

「言ってませんでしたよ。ああ、でも、調査をされていたとか……」

「はい。主に調査が仕事です。探偵ですから」

物は言い様という気もするが、確かに、アンケートの聴取が仕事だと、早とちりしたのは鯨井である。

探偵……一昨日の話からすると、今日子さんは推理小説が好きだったようだし、名探偵に憧れてその職業に就《つ》いたという感じだろうか？　ならば、お話の中の探偵と、現実の探偵とのギャップに苦しんでいる年頃なのかもしれない。

苦しんでいるようには見えないが……。

忘却探偵、ねえ?

「鯨井さんに二、三、訊きたいことがあるんですが、よろしいでしょうか?」

三人分の飲み物を差し出して、卓袱台《ちゃぶだい》についたところで、鯨井に対してそう切り出したのは、肘折警部ではなくて、今日子さんのほうだった。

「ん……はい、どうぞ」

またしても迂闊に、安請け合いしてしまう。

油断していたつもりもないのだが、なんだか質問のタイミングがいちいち絶妙なのだ。

「亡くなられた宇奈木さんのご遺体を発見したときの状況を、詳しく教えていただけますか」

「既に一度、話したけれど……こちらの警部さんに」

「詳しく、です。一言一句、細大漏《も》らさずに」

「………………」

気は進まなかったが、拒絶する適切な理由が見当たらない――もう隙を見せないようにしようと思うと、却《かえ》って要求を断りづらくなる。

鯨井はほとんど正直に、発見時の状況を二人に話した――そのほうが捜査が混乱するのではないかと、必要以上に、要求された以上に細大漏らさずに説明した。もちろん、肝心の点は伏せたけれど……気付かれなかったはずだ。気付かれるはずがない。

「はー。お友達が亡くなられているのを発見するなんて、大変な経験をなさいましたね。お察しします」

今日子さんはそんな風に言う。鯨井が話している間、ずっと、じっとこちらを見ていた彼女だが――まるで話の内容よりも、話しかたに注目しているようだった――出てきた感想は、至極《しごく》常識的なそれだった。

「うん、久し振りに会えると思って、わくわくしていたからね……」

「久し振りに会えると思ってわくわくしていたのに、直前に、お茶を飲んでいる私に声をかけてくれたんですか？」

なんだか割り込んだみたいで申し訳ないですねえ――と、今日子さんはとぼけた口調で言った。鯨井はぎくりとなる。そこはアリバイ工作として、無理のある箇所だと、自分でも思っていた――致し方ないというか、痛し痒しな部分でもあるが、自分のようなまだ若い男性が、今日子さんのような女性との話を切り上げてまで、宇奈木を訪ねようとした、というのは……。

普通なら、同性との約束なんてすっぽかして、そのまま今日子さんと話し続けていただろう――まして宇奈木は、『昔の友達』である。

それでも完全なるアリバイが成立していれば、所詮は内心の問題、瑕疵《かし》というほどのものではないと開き直っていたけれど、しかしこうしてアリバイが不完全になってしまうと、問題点のみが残ってしまう。

もともと、オープンカフェで本を読んでいた今日子さんに声をかけた時点では、相席を断られてもいいと思っていたというのもある――一人でお茶を嗜《たしな》んでいる女性相手にしつこく食い下がっていれば、本人にも周りにも印象に残ると踏んでいたのだが、しかしあにはからんや、あっさりと同席を承諾され、話も弾《はず》んでしまったというのだから、不幸中の幸いならぬ、幸い中の不幸と言うべきだ。

「いやいや、気にしないで。魅力的な今日子さんを見て、思わず声をかけてしまった俺が悪いんだから。話が弾んでしまって、宇奈木との約束を思い出したときは、さすがに青ざめたけれどね」

多少苦しいが、そんな言い訳で切り抜けるしかない。魅力的と誉められて、悪い気はすまいという計算もあったのだけれど、今日子さんはにこにこして、それについてはスルーするだけだった。

「でも、私なんかと話していないで、早めに宇奈木さんのマンションを訪ねていれば、彼の事故死は防げたかもしれませんよ」

「いやあ、間に合わなかったよ。ちょうど今日子さんに声をかけた頃に、あいつはドライヤーを取り落としたみたいだから」

今日子さんが『事故死』という言葉を使ったので、反射的にそれに合わせてしまったが、隣で肘折警部は険しい顔をしている。その形相で無言に構えられると、こっちは勝手にいろいろと想像してしまう。伝え聞くところの『優しい警官、怖い警官』のパターンだろうか

――いや、今日子さんは警官ではないが……、しかし、警官さながらの質問を鯨井に浴びせてくる、こんな風に。

「宇奈木さんのマンションを訪ねるのは、いつ以来のことになるんですか？」

「さあ……何年振りだったかな。久し振り過ぎて覚えてないや。それが何か？」

「いえ、つまり、結局、鯨井さんは生前の宇奈木さんと、直には再会できなかったんですね？やりとりがあったのは電話だけで」

「……そういうことになる。それが、何か？」

「小さな疑問点を、ひとつずつ潰しているだけです――鯨井さんのアリバイを証言できなかったことを私は大変心苦しく思っていて、なのであなたにかかっている嫌疑を晴らしてあげられたらと考えているんですよ」

「はあ……」

「調査が専門の探偵ですから、せめてそういうところで貢献できればと」

「…………」

そうしてくれるのならありがたい限りだが、しかしさすがに、どんな美人からそんなことを言われても、それを鵜呑《うの》みにするほど、鯨井もおめでたくはない。むしろさっきからの今日子さんの質問は、鯨井の容疑を固めようとしているとしか思えない。

「しかし、電話ですか……当然、携帯電話ですよね」

当然、の意味を測りかねたが、どうやらさっき室内をきょろきょろしていたときに、固定電話の有無を確認していたらしい。ひょっとすると、宇奈木の家でも、既に同じことを確認しているのかもしれない。

「あなたは約束の時間にインターホンを数回鳴らして、反応がないのを不審に思い、合鍵を使って中に這入られた——ですよね？」

「そうだけど」

それが何か、という言葉を、すんでのところで飲み込む——あまり質問の意図を探り過ぎると、余計に怪しい。

「どうして、宇奈木さんの部屋に這入る前に、宇奈木さんにお電話を一本、差し上げなかったんですか？」

「…………」

しまった、と思ったのが、果たして表情に出たのかどうか——慌てて取り繕うように、「ああ、そうですね、うっかりしていた」と言う。実際、電話もせずに宇奈木の部屋の中に踏み込んだとしても、合鍵を持つ者として、そこまでおかしな行動ではないだろうが、そんな風に問いつめられると、まるでそれが決定的なミスであるかのようだった。

インターホンを数回押すなんて、誰も見ていないお芝居をするくらいだったら、相手が出るはずがないとわかっていても、電話をかけておくべきだった……だが、それだけのことだ。

『うっかりしていた』で済むはずだ。

「まあでも、結局、そのときには宇奈木の奴は、死んでいたわけだから」

「そうですね。バスルームの中で——ただ、鯨井さん。そこは是非、お教えを請《こ》いたいところなのですが、どうして宇奈木さんのご遺体を、発見することができたのですか？」

「……？　発見することができた……？　ん、どういう意味かな？」

これは本当にわからなかった。宇奈木の死体は、別に床下や天井裏に隠されていたわけではない——湯船の中に、蓋《ふた》もされずにあったのだ。五歳の子供にだって発見できよう。

「いえいえ、そんなことはありませんよ。ご謙遜《けんそん》なさらず——だって、普通、マンションの一室で人を探そうというときに、バスルームから探す人はいませんよ。リビングやダイニングを、先に探そうとするものです」

「あ……それは」

肘折警部のほうに、一瞬視線をやる。一昨日、事件現場で、彼から事情聴取を受けたとき、そう証言してしまっていた——つまり、合鍵で部屋の中に這入って、すぐにバスルームの死体を発見した、と。余計な嘘をつくべきではないと判断してのことだったが……、言っていなかっただけで、バスルームを見る前に、リビングやダイニングも確認していたんだと、思い出した振りをしようか？　そんなことを忘れるはずがないと言われるかもしれないが、なにせ目の前には、アリバイを証言してくれなかった忘却探偵がいるのだ、説得力がないとは言えまい。

だが、仮にリビングやダイニングを調べていたなら、それらの部屋に、鯨井の指紋が残っていなければおかしいという展開になりかねない——泥沼だ。

「なあに、たまたまだよ。インターホンに反応がなかったから、風呂でも浴びているんじゃないかって、なんとなく判断しただけさ。昔、仲がよかった頃に、そういうことが何度もあったものだから……、ぐーたらと言うか、だらしないって言うか、風呂の中でぐっすり寝ちゃうような奴なんだよ」

風呂の中で寝てしまう奴だというのは本当でも、しかしそういうことが何度もあった、というのは嘘だった。しかしまあ、昔のことなら、その真偽は判断できまい。

「偶然、最初に確認したのがバスルームだっただけで、探偵さんの参考になるような話じゃあない」

「玄関から一番近い扉ですしね」

「うん、そうそう」

「宇奈木さんが、夕方あたりからお風呂に入るのも、よくあることだったんですか？」

「そうだね。運動したらシャワーで済ませず、風呂まで入る奴だった……綺麗好きっていうより、リラックスするのが好きだったんだと思う」

「なるほど、なるほど」

てっきり納得してくれたのかと思って胸をなで下ろしかけた鯨井だったが、しかし、「でも、だとすると、余計不思議です」と、今日子さんは、むしろ、ぐいっと身を乗り出してきた。

「だって、その考え方なら、むしろ一番最初に、バスルームを探すのを、やめそうなものですけれど」

「………?」

どういう意味だ? まさか、入浴中の人間に声をかけるのはマナー違反だとでも言うのだろうか? そりゃあ相手が女性だったならそうかもしれないが、相手は男性で、しかも男性同士なら、突っ込みとしてこじつけもいいところだろう。

「いやいや、何を仰っているんです、鯨井さん。だって、その時点で、宇奈木さんはドライヤーを湯船の中に落とされて、感電死されていたんですよ?」

「そ、それはわかっているけど」

「つまり――その時点で、部屋のブレーカーは、落ちていたんです」

そこまで言われても、まだ鯨井はぴんと来ない。ブレーカーが落ちていたから何だというのだろう? そんなことを指摘されてもさほど意外でもない、実際、脱衣所の電気もバスルームの電気も消えていたし――消えていた?

「……バスルームの電気が消えていたら、普通は、中に人はいないと判断するでしょうな」

肘折警部が、重々しく言った――そのリアクションから見る限り、彼も今、初めてそれに思い至ったらしい。

「あのバスルームに、窓はありませんでしたし――電気をつけずに入浴すれば、真っ暗になります」

「…………」

「私だったら、まずは入浴を疑ったとしても、脱衣所の扉を開けた時点で、『ここにはいない』

と判断するでしょう。仮にもう一度、バスルームを探すとしても、リビングやダイニングを調べたあとになるでしょう——なのに、更に深くバスルームを調べられ、宇奈木さんを発見されたと言うのですから、素晴らしい捜査力です。私だったら、真っ暗な廊下を見た時点で留守《るす》だと判断して、帰っちゃったかもしれませんねえ」

「そ、そんなに誉めないでよ、照れるなあ」

皮肉としか受け取れなかったが、しかし、ここはとにかくそう答えて、笑って誤魔化《ごまか》すしかない。落ちつけ、何も物理的に不可能な矛盾を体現してしまったというわけではない。そこに死体があると知っていたから、バスルームから調べた——と、証明されたわけではないのだ。

「ひょっとすると宇奈木の奴の、助けを求める声が聞こえたのかな。あいつが俺を導いてくれたのかも……」

そんなスピリチュアルな方向に話を持ち込んで誤魔化そうとしたが、これはあっさり、「まあ結局助からなかったわけですけれどね」と、今日子さんはドライに切り捨てた。

「ああ、ひょっとしてコードが見えたんですか？　洗面台からバスルームの中に続く、ドライヤーのコードが。それで不審に思った」

まるで助け船のような仮説を、今日子さんが出してきたので、それに思わず飛びついてしまいそうになったが、脱衣所だって廊下だって真っ暗だったのだ。その状況で、ドライヤーのコードが見えただなんて言い張れるだろうか？　もちろん、見えたのだから、見えたと言うべきだろう。真っ暗と言っても完全なる暗黒だったわけでもあるまいし。だが、それも、あることがあらかじめわかっていたから見えただけかもしれない——だとしたら、ここで見えたと言ってしまったら、それはミスとして致命的だ。鯨井は慎重に、「さあ、わかりません」とだけ言った。

「そうですか。ところで、宇奈木さんのご遺体を発見されたあと、鯨井さんはどうされたんですか？」

「……もちろん、すぐに通報したよ。スマートフォンで……」

「それから？」

「そ、それからって？」

「ああいえ、何もしていないんならいいんです——なんとなく、理由もなく、鍵やドアチェーンをかけることだってありますよね」

にこりと笑ってそう言った——意味深だったが、その意味は鯨井にはわからない。わからないが、このままこうして話し続けているのがまずいことだけははっきりしていた。

この場だけを逃れてもどうなるというものでもないだろうが、とにかく、つかまれたペースを、変えなければならない。

「……すみません、警部さん」

と、鯨井は今日子さんを無視する形で、肘折警部のほうを向いた。

「俺、今晩はプールに行かなきゃならないんで、そろそろ準備をしたいんですけれど……」

「プール……お仕事ですか？」

「いえ、そういうわけじゃないんですけれど、トレーニングは怠りたくないので……」

実際にはトレーニングなんて大仰《おおぎょう》なものではないけれど、ジムに泳ぎにいく予定になっていたのは本当だ。

「そうですか、それは長居をしてしまって申し訳ありませんでした」

と、今日子さんが立ち上がる——そしてまだ訊きたいことがありそうだった肘折警部に「行きましょうか、警部さん」と言った。

そして穏やかな笑顔で、鯨井に向く。

「お邪魔しました、鯨井さん。お話を聞けてよかったです。あなたの無実は必ず私が証明してみせますので、ご安心ください——あなたが無実なら」

「……ありがとう。あてにしてるよ」

俺はとんでもない相手に、アリバイの証言を委《ゆだ》ねてしまったのかもしれない——初めて、鯨井はそんな風に思った。

9

鯨井のアパートを後にした肘折警部と今日子さんは、その足で家電量販店へと向かった——ドライヤーを買うためである。被害者を落命せしめたそれと、まったく同じ機種を購入し、コードの長さを実地で確認したいと今日子さんが言い出して、肘折警部がそれに付き添った形だ。

最新家電の目新しさに今日子さんが多少ハメを外してはしゃいでいたのが、肘折警部からすれば微笑ましかったが（ここ最近の知識が更新されていない今日子さんからすれば、家電量販店への来訪は、まるで未来を訪れたようなものだろう）、ともあれ買い物を終えて、宇奈木のマンションを再訪したときには、ちょうど夕方五時を迎えていた。

夕方五時——即ち、鯨井が一昨日、宇奈木の死体を発見した時刻である。別にそれを目指してきたわけでもなかったが、しかし状況確認をする上では、好都合だった。

室内に這入り、廊下の電気をつけないままに、脱衣所に向かう——今日子さんが鯨井に言っていた通り、真っ暗である。これを見て、中で誰かが入浴中だとは思うまい。

「肘折さん。ドライヤーをお願いします」

「あ、はい」

紙袋から取り出して、梱包《こんぽう》をとく。一応領収書は切ってもらったが、これが経費で落ちるのかどうかは、今のところ謎だった。

「どうぞ。お気をつけて」

「お気遣い感謝します。ただ、ドライヤー自体はそう危ないものではないでしょう……バスルームも、今はからからに乾燥していますし」

言いながら今日子さんは洗面台のコンセントにプラグを差し込んで、ドライヤーをバスルーム内に持ち込む。そのままドライヤー本体を、湯船の中にそっと放り込んだ。

予想通り、コードはぎりぎり湯船まで届いたが、しかし湯船の底にまでは届かない――ぶらんと、バスタブの中にぶら下がる形だ。

「この構図は、警部さんが当日に見た通りですか？」

「ええ……ただ、この形だと、ドライヤー本体の重さに負けて、コンセントが抜けてしまいそうですが」

「湯船にお湯が張られていたら浮力が働くので、そこは問題ないと思います……でもやっぱり、湯船には届いても、髪を乾かすにはちょっと。洗い場でするならともかく、バスタブの中では、無理があるでしょうね――そもそも」

ひょいと、ぶら下がっていたドライヤーを、バスタブから取り出す今日子さん。そしてスイッチをオンにする――熱風が吹き出して、今日子さんの白髪を揺らした。

「んー」

と、そのまま今日子さんは自分の頭に、四方八方から、ドライヤーの風を浴びせる――元々濡れていないから、ばさばさと派手に、白髪はたなびく。

しばらくそうしていたかと思うと、おもむろにスイッチを切り、脱衣所へと戻ってきた。

とりあえず口出しせずに見守ってはいたものの、しかし当然、肘折警部にその行為の意味はわからず、

「何をしてらっしゃるんですか？　ドライヤーの出力テストですか？」

と、おどけて訊いてみたら、「はい、出力テストです」と、何食わぬ顔をして、彼女は答

えたのだった。

「最近のドライヤーは、高性能なんですねえ。びっくりしました」

「……あの、今日子さん。家電の進化に関心を持たれるのはわかるんですが、いかんせん時間が……」

肘折警部は手首の時計を指さした。慌てさせるのはよくないが、しかし忘却探偵にはタイムリミットがあるのだ。一日ごとに記憶がリセットされる掟上今日子は、一日以上の期間、同じ事件を捜査することができない――現在、午後五時過ぎ。まだ焦るには早いけれども、余裕ぶっていられるような時刻でもない。

「いえ、つまり――警部さんは、このドライヤー、いりますか？」

「？　ああ、もしも捜査終了後に、今日子さんが持って帰りたいと仰るんでしたら――」

「そういう意味ではありませんよ。髪の毛を乾かすのに、ここまでの機能が必要ですかという意味です」

「あ、いえ」

気を回したつもりが、的外れだった――照れくささを誤魔化すように、「私は、もっと安物でいいですな」と、質問に答えた。もっとも、これでさえ実際はいくらか見栄《みえ》を張った回答で、肘折警部は髪を洗っても、ドライヤーを使わないで自然乾燥に任せることも多々あるくらいだ。見栄は張っても、見栄《みば》えを気にするような性格ではない。

「ええ、私くらいの長さでも、ここまでの出力は必要ありません――ロングヘアの女性用じゃないですかねえ、これ」

「……あ」

今日子さんの白髪は、肩までのボブカットだ。そんなヘアスタイルでさえ必要のないドライヤーを、アスリートであり、しかも競泳選手の宇奈木が必要とするだろうか？

湯船に浸かっていた彼の死体を思い出してみる限り、坊主頭とは言わないまでも、相当の短髪だった。なんとなく、風呂場とドライヤーという組み合わせを、自然なものとして受け入れていたけれど——世の中にはドライヤーを、まったく必要としない人間だっているのだ。

極論、厚手のバスタオルで拭《ふ》けば、乾くのでは？

「……ん？　ということは、どういうことになるんですか？」

「かもしれない、というだけのことです。当然、髪が短くってもドライヤーを使うことはあるでしょうし、バスタブの中でドライヤーを使う変わり者もいるでしょう——ですが、そのように例外的な可能性を考慮してもよいのならば、死因となったこのドライヤーは、宇奈木さんのものではないのかもしれない——ですよね」

「……犯人が持ち込んだ、凶器だと？　最初から凶器として使うつもりで持ち込んだから、可能な限り高出力のものを選んだと？」

だとすれば、それは物証となる。現場にあった宇奈木の私物を利用したのではなく、犯人の私物——ではないにしても、犯人が事前に用意したものなのだとすれば……。

「うーん」

ついに犯人に繋がる細い糸を発見したかと、肘折警部は浮き立ったが、しかし、見つけた今日子さん本人は浮かない顔だった。

「ど……どうかされましたか？　これから鯨井さんのここ最近の足取りを辿って、ドライヤーを購入した形跡がないか、調べればいいんじゃあ……」

そうなるとローラー作戦になるから、一日二日で終わる調査ではなくなるが、忘却探偵はここまでで十分、仕事を果たしたと言えるだろう。

「いえね、どう言えばいいのか、表現に迷うところなんですけれども。宇奈木さんが風呂場でドライヤーを使って、そのドライヤーをうっかり取り落として感電死された――これが犯人の描こうとしたストーリーだとするじゃないですか」

「ええ」

「このストーリーの疑問点は、子供でもわかるような危険を冒《おか》してバスタブの中でドライヤーを使う人間がいるのかということ、ドライヤーのコードが、湯船の中で使うにはやや短いのではないかということ、そして先ほど言及した、そもそも宇奈木さんに、少なくともここまで高出力のドライヤーは必要ないのではないかということ――ですよね？」

「はい。簡単にまとめると、そうなります」

だから疑わしいのだ。

最初は事故死かと思われたこの事件に、殺人事件の疑いが出てきたのは、何も第一発見者が疑わしいからというだけのことではない。

「でも、ですよ？　仮に誰かが——鯨井さんじゃなくてもいいんですけれど、誰かが、ドライヤーという凶器を使って、入浴中の宇奈木さんを殺したとするじゃないですか」

「ええ。今はその線で考えています」

「さっきあげた疑問点、ひとつでも解消されますか？」

「………？　そりゃあ」

そりゃあされるだろう、と言い掛けて、いや、案外そうでもないという事実に、肘折警部は行き当たる。

犯人がもしも、この事件を、被害者本人の過失による事故死に見せかけるつもりだったならば、そんな疑問点は、今日子さんよりも肘折警部よりも先に、誰よりも先に犯人が気付いて、対処しそうなものだ。

「事故死に見せかけようとした、という前提が間違えているのでは？　コードの長さについては、現場に来て、初めて気付いた……まさか延長コードを持ってきてはいなかったでしょうし。リビングでも探せばあったかもしれませんが、その間に宇奈木さんが風呂をあがってしまうリスクを考えると……」

「事故死に見せかけるつもりがなかったなら、ドライヤーは持って帰りそうなものです……その通り、物証になってしまうのですから。ただ、事故死に見せかけようとしたなら、そもそも被害者が普段使っていなかったドライヤーを持ち込むのが、おかしい。事故だと考えても、殺人だと考えても、宇奈木さんの死に関して、疑問点や矛盾点は解決しないんですよ」

「……でも、鯨井さんが怪しいことは確かなんですよね？」

「はい」

ここは迷いなく、断言する今日子さんだった。

「彼の第一発見者としての挙動は、疑惑の一語に尽きます——先ほどご本人から話を聞いて、その疑いはますます深まったと言っていいでしょう。言い繕ってはいましたけれど、この部屋における彼の動きは明らかに、宇奈木さんがバスルームで死んでいることを、知っていた者の動きです……それに、こうなってくるとアリバイの件も、わざとらしいというか、あざといですよね」

「あざとい？」

「仮に、私が忘却探偵ではなく、鯨井さんのアリバイが成立していたら——の話ですけれど。死亡推定時刻にぴったり、私に声をかけていたというタイミングは、出来過ぎじゃないですか？」

「…………」

第一発見者が怪しい、というほどの不文律とはなっていないだろうが、アリバイが出来過ぎていれば怪しいというのも、推理小説の鉄則のひとつではあるだろう。

「つまり、鯨井さんが今日子さんに声をかけたのは、意図的なアリバイ工作だった、ということですか？」

「そう考えたらしっくりきます。偶然と考えるよりは」

「でも、そう考えてしまうと、鯨井さんのアリバイは結局、成立しているということになってしまいます。被害者の死亡推定時刻に、今日子さんに声をかけていたことを、認めることになるんですから」

「ええ。だから何らかのトリックが、バスルームとドライヤーに仕掛けられているんじゃないかと推理したのですが……」

「トリック？　そう言えば、そんなことを言っていましたね」

「つまり、そのトリックを実現させるために、多少無理があろうとも、凶器にドライヤーを使う必要があった……つまり、私が想定しているのは、時限装置のようなものですが」

「時限装置？」

今日子さんは頷いて、仮説を示す。

「鯨井さんは、事件当日の昼頃に、この部屋を訪れ、何らかの手段で宇奈木さんを気絶させました。暴力的な手段を使ったのかもしれませんし、薬品を使ったのかもしれません。それから裸にして、湯船に入れる。そしてドライヤーの時限装置をバスルームに仕掛け、マンションを後にする。そして幾駅ほど離れた目抜き通りに移動し――そして時限装置が稼働《かどう》する午後三時頃、動かぬアリバイを作る。できれば初対面の、後日になっても見つけやすい特徴的な……たとえば若いのに総白髪の女性にでも声をかけるのが冴えたやりかたでしょう。そして適当な時間に切り上げて、マンションに戻ってくる――第一発見者となるために。そして宇奈木さんが目論見通りに死んでいることを確認したのち、警察に通報し、警察が到着するまでに、時限装置を始末する。如何です？」

「……非の打ちどころがないように思えますが？」

どうして第一発見者の鯨井が、肘折警部達が到着したときに、ドアチェーンをかけていたのかの説明もついている。

「打ちどころだらけですよ。捜査資料を見させてもらった限り、宇奈木さんのご遺体に外傷はありませんでしたし、服薬もされていないようでした――まあ、その辺りの所見を棚上げにしても、自分が現場から離れている間に、目をさます可能性は否《いな》めないでしょう。遠隔式の時限装置なんて、殺しかたとしてあやふや過ぎます」

「……そ、そりゃあそうですが」

「それに、遠隔式の時限装置って、いったいなんですか？」

そんなことを訊かれても困る――そのアイディアはついさっき、今日子さんが提出するまで、肘折警部の中にはまったくなかったものなのだから。

「今のでたらめな推理に、確かにサルベージすべき箇所があるとするならば、ドライヤーを凶器に使う必然性という一点だけでしょうね。ドライヤーを凶器に使えば、宇奈木さんの死と共にブレーカーが落ちて、タイムシフトマシンその他が停止し、死亡推定時刻が確定する――アリバイ工作にはもってこいの殺しかたです」

「これまで、そういう考え方はしませんでしたけれど……、ただ、それを認めるとなると、やはり前進したというより後退した気分になりますな」

アリバイ工作やアリバイトリックの存在を認め、それを前提にするということは、逆説的に、容疑者鯨井のアリバイを認め、前提にするのと同じなのだ――解決からは遠ざかっているに等しい。

「単純な事故死だと思っていたものが、考えれば考えるほど、複雑化していくようです。この分じゃあ、明日にはいったい、この事件はどんな様相を呈《てい》していることか」

「明日――ですか」

「あ、いえ、失礼」

今日子さんには今日しかない――明日の話をするのはマナー違反だったかもしれない。が、謝罪する肘折警部に目もくれず、おもむろに彼女は動き出した。廊下を奥へと進み、ベッドルームの扉を開けた。

「きょ、今日子さん？」

「寝ます」

「は？」

「私、これからちょっぴり仮眠を取りますので、肘折警部、一時間後に起こしてください」

10

「肘折警部、あなたの仰る通り、私達は現状、やや考え過ぎている嫌いがあります。勝手に事件を複雑に考えて、勝手に迷宮に迷い込んでいる。なので一度リセットしましょう」

などと気楽に提案する。

さながら、どこかで計算を間違えたみたいだから、いったん黒板を全部消して、いちから計算し直しましょう——とでも言うように。

いや、こんがらがってきたのは事実なので、肘折警部としてもリセットしたいのは山々だが、それができれば苦労はない——と言おうとしたところで、忘却探偵の今日子さんにとっては、それがまったく、苦労のないことなのだということに思い至った。

今日子さんには今日しかない。

彼女の記憶は一日ごとにリセットされる——それは、より厳密に表記するなら、夜寝て、朝起きれば、昨日のことを完全に忘れているという意味である。

更に言うなら、このルールは、夜や朝にも限らない。要するに今日子さんは、寝て起きたら、入眠以前のことを忘却するわけだ——仮眠であろうと昼寝であろうと、厳格にルールは適用される。

つまりこの場合、今ここで、宇奈木家のベッドルームで小一時間でも眠ってしまえば、今日の出来事——肘折警部に警察署に呼び出されてからの一連の出来事を、すべて『なかったこと』にできるのである。

それはもう、消えるボールペンがごとく——ただし、消えるボールペンとは違って、その後、復活させることはできないが。

「し、しかし、それでは今日子さん、せっかくここまで積み重ねた推理も、同時に放棄することになるのでは？」

「ええ、ですからそれも含めて、リセットしようと言うんです——どうも、当初から、私の事件に対するかかわりかたがよくありませんでした。私自身がアリバイの証言者になるなんて入りかたでは、事件に対する冷静な対処なんて、できるはずもありません。探偵とはあくまでも事件に対する第三者であるべきなのですから——」

言いながら今日子さんは、宇奈木の使っていたベッドや枕を、ぼすぼすと叩く。自分の寝床として相応《ふさわ》しいかどうかチェックしているようである。どうやら合格だったらしく、眼鏡を外してベッド脇に置き、そのまま流れるような動作で、ごろりと寝ころんだ。

「では、おやすみなさい、肘折警部」

「ちょ、ちょっと待ってください。ここで寝られてしまっても困ります——今日子さんからすれば、どこかもわからないところで、誰とも知れない男に起こされることになるんでしょう？　驚かれてしまっては」

肘折警部は自分を知っている。人に威圧感を与える風貌《ふうぼう》であることを、知っている——だからこそ、それを捜査の上で最大限に利用しているわけだが、人を起こすには向いていない。まして相手が忘却探偵となれば尚更である。実際には『驚く』どころでは済むまい。

「あら。それはごもっともですね。では」

と、今日子さんはいったん身を起こし、近くにあった筆立てから、太字のマジックペンを手に取る——そして袖口をまくった自分の左腕に『私は掟上今日子。白髪。探偵。現在、肘折警部と一緒に捜査中』と書いた。

端的なメッセージである。

なるほど、そうしておけば、目を覚《さ》ましたときに筋道をつけやすい――己の筆跡《ひっせき》なのだ、疑いはしないだろう。てっきり、そのまま事件のあらすじも書くのかと思ったが、今日子さんは蓋をしてマジックペンを筆立てに戻し、「起こしたら、警察手帳を見せてください。それで私は、警部さんを信用するはずですから」と言って、再びベッドに寝ころんだ。

「そして、事件の概要を私に教えてください――ただし、私がアリバイの証言者だということを伏せて、です」

「は、はあ……」

どうやら徹底的に、とことんリセットするつもりらしい――だが、今日子さんがアリバイの証言者だということを隠してしまえば、他にも隠さねばならないことが出てきかねないが？

「ですから、そこは鯨井さんの計画が……、計画ではなくただの偶然かもしれませんが、上首尾に運んだことにしましょう。つまり、午後三時における彼のアリバイが成立した、完全なるアリバイが成立したことにしておいてください。オープンカフェでお茶を飲んでいたどこかの女性が、忘れることなくアリバイを証言した、ということにしておいてください」

「……嘘をつくのは得意ではないのですが、まあ、請け負いました。他に私にできることは？」

「強いて言えば、夕ご飯を買ってきていただければ。デザートにあずきバーなんて、素敵ですね」

そう言って今日子さんは布団《ふとん》をかぶり、目を閉じた。数秒後には既に眠りに落ちたようである――あまりに唐突な展開に、こちらからおやすみなさいを言うタイミングを失ってしまった。

何と言うか……。

前々から、とろんとした大人しげな雰囲気にそぐわない、ふてぶてしいメンタルの持ち主だとは思っていたけれど、まさか事件現場の、故人のベッドで眠ってしまおうとは、もはや図太いを通り越して、図々しい。

大胆不敵と言っていいだろう――しかし、それについて感心すると言うよりは、真相究明のためとは言え、そこまでするかという気持ちになってしまう。

今日子さんが、そこまでして探偵であることを徹底するのには、何か事情があるのだろうか――あくまでも一介の依頼人でしかない肘折警部には、そこまで踏み入ることはできない。

今できることは、せいぜい彼女に頼まれた通り、夕ご飯を買ってくることくらいだった――もちろん、あずきバーも忘れずに。

11

「なるほど。そういう経緯ですか」

一時間後。

肘折警部に起こされ、目を覚ました今日子さんは、当然ながら――つまり自身の思惑通りに、『昨日の今日子さん』の行動をすっかり忘れていて、さすがに多少は混乱していた風だった。

しかしすぐに左腕の自筆メッセージを見て、そして肘折警部の警察手帳を見て、持ち前の明察さで、状況を把握《はあく》したようである――彼女が眠っている間に買ってきた、コンビニ弁当を食べながら、肘折警部が語る事件についての概要を、合いの手も入れずに黙って聞いていたかと思うと、最後にはそう言って、満足そうに頷いた。

「な、なるほどと言いますと？」

鯨井のアリバイ証言について、肘折警部は偽りの説明をしたので、なるほどと言われると、騙《だま》しているかのような気分になってしまうが……ただ、それは少なくともいったんは騙されることを選んだ今日子さんに言われた通りにしただけである。

「なるほどと言うのは、大体わかったという意味です。ご本人に確認しなくてはならない点がいくつか残りますが……でも、バスルームに仕掛けられていたと見られるアリバイトリック、鯨井さんが企んだアリバイ工作の正体は、概《おおむ》ね推理できました」

ぎょっとする。

ほんの一時間前までは考えられない、自信にあふれた態度である。

「こんなものはまったく、初歩の初歩ですよ、警部さん」

「は、はあ……」

ついさっきまで肘折警部と一緒に行き詰まっていた今日子さんは、まるでフィクション上の名探偵みたいなことを言うのだった——まあ、突っ込むようなことではない。

「そ、それは……遠隔式の時限装置みたいなものですか」

「遠隔式の時限装置？　私がそんな表現をしたのですか？　ふむ……まあ、そんな大袈裟なものではありませんけれど、言い得て妙と言えば言い得て妙です。合格点をあげましょう」

「…………」

考え過ぎの迷路から一人脱け出した今日子さんは、余裕の佇《たたず》まいだった——過去の自分に対して上から目線過ぎる。そもそも、未《いま》だその迷路の中をさまよっている肘折警部には、その余裕は理解に苦しむとしか言いようがないが。

「……では、今日子さんはこの事件の真相を、既に看破《かんぱ》したと仰るのですね」

今日子さんがベッドルームで目を覚ましてから、まだ三十分も経っていない。否、今朝、肘折警部が彼女を警察署に呼び出してから数えても、まだ十二時間も経っていない——それなのに、事件の真相を突き止めた。

最速の探偵。

どんな事件でも一日で解決する——

「いえいえ、あんまりその辺り、過大評価されても困ります。あくまでも今のところ、推理はただの推理でしかありません。確かな証拠があるわけではありませんので」

「具体的には、どういうトリックが用いられたと予想しているんですか？　どうやって鯨井さんは、アリバイ工作をしたのだと？」

「披瀝《ひれき》して自慢できるような経路を辿ってはいませんよ。連想――いえ、発想の飛躍《ひやく》でしょうか」

「…………？」

「強いて言えば、容疑者の鯨井さんも、被害者の宇奈木さんも、スイマーでしたからね。だから、そうじゃないのかと思いました」

強いて言われたことで、よりわけがわからなくなった――今日子さんとしては、警察官相手に不確かなことを迂闊に言えないと思っているだけで、別に謎解きをもったいぶっているつもりはないのだろうが、肘折はやきもきした気持ちになってしまう。

鯨井や宇奈木がスイマーだったからと言って、なんだと言うのだろう――競泳選手の宇奈木が湯船の中で死んだことが皮肉だと、そんな話は、リセットされた『昨日の今日子さん』としたけれど。

「ですから、ご本人に確認しなくてはならない点が、いくつか残っているんですよね……その穴はさすがに、推理では埋まりません。今、鯨井さんはどちらに？」

あずきバーを袋から取り出し、いきなりがりっとかじりながら、今日子さんは訊いてきた。

「えっと……、夜は、プールに泳ぎに行くと言っていたはずです。トレーニングとかで……聴取を切り上げるための口実っぽくもありましたが、嘘をついたわけでもないでしょう。なので、明日の朝、もう一度二人で、訪ねてみましょうか」

「明日の朝まで待つ理由は、私にはありませんね――せっかく思いついた推理を、忘れてしまってもなんですし。肘折警部、わがままばかり言って申し訳ありませんが、最後にひとつ、お願いがあります」

「なんでしょう。もちろん、ここまでくれば、なんでもしますよ。なんなりと仰ってください」

「ありがとうございます。そう言っていただけると思っていました。では」

と、今日子さんは言った。

「水着を買うの、付き合ってもらえません？」

12

鯨井は泳いでいた——既に五十メートルプールを、何往復したか数えていない。ペース配分も筋肉の限界も無視して、ただひたすらに、クロールで水をかいていた。
彼は泳ぐことが純粋に好きで、それは現役を引退した今でも変わらない——好きな理由は、泳いでいる間は、余計なことを何も考えずにいられるからなのだが、しかし今日ばかりは、どれほど泳ごうとも、ついつい考えてしまう。
旧友の宇奈木のことと——そしてあの総白髪の探偵のことを考えてしまう。
なんとか今日のところは、刑事ともども追い返すことに成功したけれど、しかし明日はこうはいかないだろう——明後日はもっと難しくなるに違いない。口では鯨井の無実を証明するみたいなことを言いながら、あの探偵は明確に、鯨井を疑っているようだった。

このままではジリ貧は目に見えていた。

かと言って鯨井には、まるで打つ手はない——元々、彼はアリバイだけを構築し、それ以上の隠蔽工作をするつもりはなかったのだ。完全なるアリバイを作れなかった時点で——よりにもよって忘却探偵を証人に選んでしまった時点で、大失敗をしていたのだ。

ならばどうする？　泳ぎながら考える——何も考えずにいられるはずの時間の中で、考える。

逃げるか。そしてすぐに結論を出す。

すべてを捨てて、逃げるか——名誉のために。

逃亡すれば、より疑いは増すかもしれないが、そんな理性的なことを言っている場合でもなかろう——話せば話すほどボロが出るというのなら、対話自体を拒絶すればいいのだ。

こうなると、ほとんど無職状態である、自分の現在の身の上がありがたかった——よし、明日の太陽が昇るのを待つ必要もない、帰ったらすぐに荷造りをして、旅に出よう。いっそ海外に。競泳選手時代にさんざん遠征を経験している、英語くらいなら多少は喋《しゃべ》ることができる。

一度心に決めてしまえば、そんな逃亡生活に対して、むしろうきうきさえした——だから、そこから先はもう、泳ぐのに余計なことを考えずに済んだ。

済んだのだが、しかし、それでも彼は一歩遅かった——否、ひと掻《か》き遅かった。あるいは彼は、考えるのをやめるべきではなかったのかもしれない——泳ぐことこそを途中でやめて、さっさとプールから出るべきだったかもしれない。

「初めまして、鯨井さん」

コースを泳ぎ切って、プールからよじ登った鯨井を待っていたのは、眼鏡を外しているので印象が違ったが、だからと言ってまさか見紛うはずもない、誰あろう、まばゆいくらいに真っ白いワンピースの水着を着た、しかしそれ以上に白い総白髪の忘却探偵――掟上今日子だった。

13

初めまして、と言った。

つまり――また記憶はリセットされているのだろう。忘却探偵の細かいルール、忘却の法則など、知る由もない鯨井だったが、明らかに初対面の人間に対する目でこちらを見る今日子さんに、本能的にそう直感した。

自分はひたすら泳ぐことで、考えをリセットしようとしたが――この忘却探偵は、忘れることで考えをリセットできるのだと、そこまで思った。自分にしては冴え過ぎた、と自嘲気味に笑う。

肘折警部は、一緒ではないようだが……。

「ちょっとお話、よろしいですか？」

と、微笑んで訊いてくる今日子さんに、既視感を覚える――まるで一昨日の、オープンカフェの真逆だ、と。可愛らしいワンピースのそれとはいえ、露出の多い水着姿でそんな風に誘われては、一も二もなく応じてしまいそうだったが、しかし鯨井という元競泳選手は、そこまで衝動的でもなかった。

「悪いけど、今、トレーニング中なもんで」

「あら。つれないですね。でも、今、終えたところなのでは？　随分長い間、泳いでらしたみたいですけれど……」

随分長い間、見られていたようだ。

鯨井はとぼけて、「ちょっとインターバルを取ろうとしただけだよ」と言って、プールの中へと戻る。

「あと五十往復ほど泳ぎ続けるから、その後でよかったら」

もちろん、いくらなんでも五十往復もできるわけがない――遠回しにを通り越して、露骨に断りながら、鯨井は、水中眼鏡をかけ直して、プールの壁を蹴ろうとした。

と、そのとき。

ざぶん、と、隣のレーンに、今日子さんが飛び込んだ――おしとやかそうな外見からは予想も付かない、アクティブな行動だった。

そもそもプールを訪ねてこられたこと自体、先手を打たれた気分だったのだ――動きがつくづくスピーディと言うか、反応が速い。鯨井としては、

「……慣らさずにいきなり飛び込んだら、心臓麻痺《まひ》を起こすかもしれないよ」

　とインストラクターとして注意するのがやっとだった。

「あはは。心臓麻痺ですか――感電でもしたかのように、ですか？」

「…………」

「ご心配なく。準備体操くらいは済ませておきましたから――ねえ、鯨井さん」

　ワンピース水着の肩紐のところに留めてあった、スイムキャップと水中眼鏡を装着しながら、今日子さんは言った。

「でしたら私と、勝負していただけません？　五十メートルの自由形で。もしも私が先にゴールしたなら、五分だけ、時間を割《さ》いてくださいよ」

「……ぐいぐい来るな。肉食系って奴かい？」

「探偵職です」

「そうかい」

　最初からそう言ってくれていたなら――と、思わなくもないが、まあ後悔先に立たずと言うか、後の祭りだ。

「じゃあ、俺が勝ったら、今日子さん、デートしてくれるかな？」

「構いませんよ。デートは好きです」

　鯨井の挑発的な台詞《せりふ》を、あっさり承諾する今日子さん。

　そう応えられてしまうと、もう二の句が継げない。

「では、勝負です」

と、今日子さんは正面を向いて、構えた。

その動作を見る限り、まるっきりの素人というわけではないらしい……そこいらの男よりは、速く泳げるかもしれない。もっとも、元競泳選手の鯨井よりも泳げるとは、さすがに思わないが。

とは言え、まさか勝算もなく、こんな無謀な挑戦をしてきたわけでもないだろう……、長い間泳いでいるところを見ていたらしいから、それで疲れているとでも思ったのだろうか？そりゃあもちろん、計算なく泳ぎ続けていたのだから、フルパワーとはいかないが、それでもあとたった五十メートルが泳げないということもない——

「よーい、どん！」

と、自らの口で号砲を撃って、今日子さんは壁を蹴った——予告なく、勝手にスタートを切られてしまったが、まあその程度、適切なハンデとして、くれてやってもいい。

あとを追うように鯨井は、大きく息を吸って、スタートを切る——先ほどまでと同じクロールで、泳ぎ始める。

泳いでいる間は何も考えない。

が、感じる。

いささか変則気味ではあるけれど、こんな風に、誰かと競争する形で泳ぐというのは、実に久方ぶりだと、感じざるを得ない——それを、楽しいと感じてしまう自分が、嫌になる。

現役時代は頻繁に、宇奈木相手に、こんな風に競っていたものだ——そのことを、どう感じていいかはわからない。

ただ、もう二度と、あいつと泳ぐことはできないという事実だけは、間違いないのだった——泳いでいるうちに、それも感じなくなった。

「ぶはっ！」

息継ぎのために水面に顔を出したとき、もうとっくに追い抜いたつもりで、隣のレーンを見た——が、鯨井の視界に、今日子さんの姿はなかった。

一瞬のことだし、水中眼鏡をかけてのことなので、見えなかっただけかとも思ったが、次の息継ぎの際にも、彼女の泳いでいる姿は見えなかった。

まさか、溺れたのか？　レースに勝とうと無茶な泳ぎをしようとして、足でも攣《つ》って——それこそ、心臓麻痺でも起こして？

「……きょ、今日子さん⁉」

鯨井はクロールを中断し、水面から顔を起こした。そして見回す——どこかに沈んでいる？だったら早く救助しないと……、このプールの底は深い、今日子さんの身長では、足が届かないかもしれない。監視員は何をしているのだ？

混乱する鯨井だったが、実際、今日子さんはプールの底に沈んでいたのだ。より正確に言うならば、彼女はプールの底に潜《もぐ》っていた。潜って——そして、泳いでいた。

「勝ちっ！」

そんなかけ声と共に、彼女は水面下から現れた——そしてコースの壁にタッチした。まだ、泳いでいたレーンの真ん中あたりにいた鯨井は、その様子をただ見ているしかできなかった。

つまり、大差をつけられて、負けたということになるのだが……。

「いや……自由形で潜水《せんすい》は反則だって」

14

「不思議なルールですよね。より速く、よりスピーディに泳ごうと思えば、身体全体を水面下に沈めて、潜水で泳ぐのが一番適切なのに、ルール上、それが禁じられているというのは……非合理的だと思いません？」

ふてぶてしくもそんなことを言う今日子さんだった——勝つために手段を選ばないその様子は、逆に清々しくさえあり、反論をするのが馬鹿馬鹿しくもなる。

それに、確かにお説の通り、一番速く泳ごうと思えば、潜水がベストである——ルールに従って、身体の一部を常に水上に出しておくとか、そんなのは空気抵抗が増すだけだ。

スイムキャップを脱いで肩紐に留め直し、やや銀色味を帯びた総白髪をタオルで拭きながら、今日子さんは、

「つまり、水泳も、魅《み》せる競技だということなのでしょうね——選手がみんな、プールの底を這うように泳いでいたんじゃ、応援していて盛り上がりませんからね」

と、そんなことを言う——プールサイドに設置されたベンチでの会話である。鯨井ももう覚悟を決めて、その隣に座っている。まあ、水着の美女の隣に座れるなんて、本当は光栄至

極な出来事なのだ。それこそ、魅せられている。

「水泳に限らず、陸上競技でも似たようなことを思うことがあります。トラックをぐるぐる回ったり、複雑なコースを走ったり、あれってロスが多いですよね？　真にスピーディを求めるならば、たとえ四十二・一九五キロであろうと、百メートル走同様に、一直線のコースで計測するべきです」

「……そんなコースを用意することは、不可能だよ。人間、できる範囲で、できる限りのことをするしかないんだよ」

「その通りですねえ……いや、それ、いいですねえ」

「は？」

何がいいのかと思ったが、既に話は切り替わっていたらしい、今日子さんは鯨井の頭を指さした——濡れた髪の毛を。濡れてはいるが、タオルで拭くまでもない、短い髪の毛を。

「私も一度くらい、ベリーショートにしてみようかと思っているんですが、なかなか決心がつかなくて。……まあ、朝起きて、いきなりベリーショートになっていたら、明日の私がさぞかしびっくりするだろうと思うと、それだけで愉快なんですが」

「……どんなヘアスタイルでも、きっと似合うよ。今日子さんだったら」

「そう言ってもらえると嬉しいですね」

微笑む今日子さん。

どんなヘアスタイルでも似合うだろうという言葉は、鯨井のまったく正直な気持ちではあったが、しかし銀色に輝く濡れた髪を、妙に色っぽく感じることも、正直な気持ちだった。あどけない表情とのギャップに、どきりとする。

「ふふ」

と、髪を拭いていたタオルを、自分の肩に掛ける今日子さん。

「まあ、鯨井さんや宇奈木さんと違って、そんな頻繁に泳ぐわけでもないからいいんですけれどね。久し振りに塩素の匂いを嗅《か》ぎました」

「塩素……俺にとっては、慣れ親しんだ香りだけれど、女性は髪が傷《いた》みそうだと、気になっちゃうかな？」

「そんな神経質ではありませんよ。髪については、もうこれ以上傷むことはありませんしねー」

と、あっけらかんと言う。

そこがデリケートな箇所なのか、そうでないのか、いまいち判別しかねたので、スルーすることにした――白髪と忘却に、つながりがあるとは考えにくいが。

「で、鯨井さん。お話に入ってもよろしいでしょうか？　私が勝ったら、五分、お時間を頂戴できるという約束だったはずですが」

「ああ……約束は守るよ」

言いながら、鯨井はプールサイドに設置された競泳用の一分計に目をやった。本来、泳ぐときに目安とする時計だが――今は、別の役割を果たすことになる。

「ただ、その前にひとつだけいいかな？」

「構いませんよ。なんでしょうか」

「もう忘れているんだと思うけれど、俺が今日子さんに初めて会ったとき、勧められた本があるんだよ。須永昼兵衛という作家の、『改心刑』という短編小説なんだけれど……」

「ああ。勧めそうですね、私。何度も読んだ、好きなお話です——読んでいただけたんですか？」

「その一本だけだけどね」

「嬉しいです。勧めた本を読んでもらえることって、読書家同士の間でも、なかなかないことですから」

そんなものか。確かに、鯨井がその短編を読んだのも、アリバイ工作の裏付けみたいな意味合いが大きかったのだが……。

「読み終わってみて、如何でした？」

「まさにそれを訊きたいんだよ。極悪人が、改心して……改心させられて、それで終わりなのかと思ったら、そうじゃなかった」

何というか、ひどい落ちだった。

バッドエンドと言うより、シュールだった。

極善人になった極悪人は、その後、人を信じては詐欺《さぎ》に遭《あ》い、人助けをしては借金を背負い込み、仲良くなっては裏切られ、善意に基づく自身の価値観と、世の中との相違に絶望し、最終的には身も心もボロボロになって、野垂れ死にした。

改心刑とはつまり、そういう刑だったのだ——悪人を改心させることで、善人と同じく、悲惨な目に遭わせるという刑。

死刑よりも極刑の、改心刑。

……無茶苦茶な話だと思った。この話を読んで、読者はいったい、どんな教訓を得ればいいのだろう。

「非道な極悪人が結果、酷《ひど》い目に遭うというのは、勧善懲悪《かんぜんちょうあく》としてわからなくもないけれど、でもこれって、要は善人が酷い目に遭うことを、前提として認めているってことになるよね？極悪人を、極善人にすることで、酷い目に遭わすっていうのが刑の肝なんだから……そこがどうにも気持ち悪いというか」

俺はどんな感想を持つべきなんだろう。

と、なんとも座りの悪い思いをすることになった――だから是非、機会があれば今日子さんに、そこのところを訊いてみたかったのだ。

昼間はそのタイミングを逃してしまったが……。

「意外と、と言うと失礼になるんでしょうけれど、生真面目《きまじめ》なんですね、鯨井さん」

今日子さんはそう言って、おかしそうに笑う――そんなリアクションをされると、なんだか酷く的外れなことを言ってしまったような気持ちになる。実際、今こんな話をするのは的外れなのだろうか。

「いや、本を読み慣れていないだけだよ。推理小説は特にね。だから、ああいう話を、どういう風に読んだらいいのか、わからないんだ」

「本を読み慣れている人でも、同じような迷い道に入ることはありますよ。私だって例外ではありません——でもね、鯨井さん。本を読んで、教訓を得ようとか、学ぼうとか、この先に生かそうとか、そんな風に構えることはないんですよ。国語の授業じゃないんですから」

と、今日子さんは鯨井に向け、指を立てる。それこそ国語の先生のような仕草だったが、口にするのは、聖職にはあるまじき発言だった。

「面白いこと考える人がいるなーって、ただそう思って本を閉じればいいんですよ」

「…………」

「では、謎解きを始めましょうか。大丈夫、ちゃんと五分で終わらせます——合理的に、最速で」

15

「鯨井さん、あなたは一昨日の午後三時頃、とあるオープンカフェでとある女性に声をかけました——その後二人でお茶を嗜み、小一時間ほど、楽しい時間を過ごします」

「…………」

とある女性、だなんて、妙に持って回った言いかたをする——忘却探偵ゆえに、その日のことを忘れているとしても、それでもそこまで他人事《ひとごと》みたいに表現する理由がわからない。

「奇《く》しくもその時刻は、鯨井さんのかつての好敵手である宇奈木さんの死亡推定時刻です——つまり、あなたにはアリバイがあることになる」

「それはよかった。何よりだ」

一応そう応えてみるも、皮肉で言っているのだろうか？　今日子さんのアリバイ証言は、ほとんど無効であり、鯨井の現場不在証明はあってないようなものなのだが……店員や、他の客の証言でも取れたのだろうか？

「ただ、こうもぴったりアリバイが成立するのは、偶然にしては出来過ぎという気がします。被害者と決裂していたあなたが、そして第一発見者であるあなたが――」

「それくらいの偶然はあるんじゃないの？　俺と今日子さんが出会えた奇跡のように」

試みに、はぐらかすようなことを言ってみたが、「確かにあるかもしれません。しかし、ないかもしれません」と、はぐらかし返された。

「いずれにせよ、アリバイがあると、崩したくなるのが探偵の性《さが》でして――そのアリバイが完全であれば完全であるほど、それを崩壊せしめたくなるのです」

「とんでもない性だね……」

性と言うより、業《ごう》である。

そんなキャラクターが絡んでくるとわかっていれば、鯨井は完全なアリバイなんて作ろうとはしなかっただろう――もっとも、そんなキャラクターを事件に引き込んでしまったのは、他ならぬ鯨井なわけで、誰に文句を言うわけにもいかない。

今日子さんが、まるで鯨井に完全なアリバイがあるかのように語る理由は、相変わらず謎だが……。

「それで？　俺のアリバイは崩せたわけ？」

「この場合、複数の考え方があります。ひとつ、あなたの午後三時のアリバイが、虚偽である。ひとつ、死亡時刻の推定が、間違っている」

「……まあ、論理的だね」

論理的なのではなく、網羅的なのか。

すべての可能性を、ひとつずつ潰していく――探偵というのは、鯨井が想定するよりも更に、地味な仕事らしい。

「で、どっちなの？」

「どちらでもなさそうです。これらのアプローチでは、あなたのアリバイは崩せません。そこで、最後の可能性が浮上してくる――つまり、あなたの現場不在証明は確かで、死亡推定時刻もまた確かなら、宇奈木さんはなんらかの遠隔式の時限装置によって、命を落としたのだと考えざるを得ません」

普通に、鯨井が犯人ではないと考えてくれても、ぜんぜん構わないのだが……遠隔式の時限装置。

「随分大仰な言い方をするんだね」

「『昨日の私』がそんな表現をしたらしいですよ。それはともかく……、現場のバスルームにタイマー式の仕掛けをして、その仕掛けが発動する頃に、あなたは別の場所で、せっせとアリバイを作る。これなら、あなたのアリバイを崩せますね――崩せるというより、無意味になるということですが」

「今日子さんはどうしても俺を犯人にしたいのかな。そんな可能性を疑うより、他に犯人を捜した方が早そうだと思うけれど」

皮肉めかしてそんな風に言ってみたが、今日子さんにはまったく堪《こた》えた様子はない。

「鯨井さんが犯人でないのなら、それに越したことはありませんよ。それに、アリバイがないイコール、犯人であるということにはなりません」

「…………」

にこにこしてそんな風に言われると、それ以上のつっこんだ反論もしづらい。

鯨井が推理小説を読みつけない理由のひとつに、犯罪を犯すような犯人が、どうして大人しく探偵の推理を聞いているのか、というのがあったが、実際に自分がその立場に立ってみると、案外、悪くないものだった。

己の行為を解説・批評されるというのは。

なので鯨井はむしろ自分のほうから「で、時限装置ってのはなんなんだい？」と、今日子さんに促《うなが》した。

「ドミノ倒しみたいな仕掛けを作って、予定の時刻にドライヤーが湯船の中にどぼんと落ちるように仕掛けていたとでも？　俺が第一発見者になったのは、その仕掛けを回収するためだったたってわけだ」

促すどころか誘導だったたが、探偵はそれに乗らなかった。

「いやあ、それはないでしょう。仕掛けが複雑になればなるほど、残る証拠が増えてしまいます。アリバイを作るためとはいえ、そのために証拠を増やしてしまうのは賢くありません——あなたが第一発見者になった理由は、おおむねその通りだとは思いますが。でなきゃ、わざわざ第一発見者になる意味なんてありませんからねえ」

仕掛けはもっとシンプルでいいんです、と今日子さんは言う。

「遠隔式の時限装置なんて言い方をしたらついつい複雑なトリックを想定してしまいそうですが、言うほど余計な道具立ては必要ありません。宇奈木さんの命を奪ったドライヤー、それだけで十分です」

「……ドライヤーに、タイマー機能でもついていたって言うのかい？　昨今のドライヤーは、随分と進化したもんだね。俺はドライヤーなんて使わないから詳しくないけど」

「そう、鯨井さんみたいな短髪の男性は、そうでしょうね——宇奈木さんも、もちろん。それとも、宇奈木さんは普段から、ドライヤーをお使いで？」

「さあね……あいつは俺と違って、格好つけた伊達男《だておとこ》だったから、そういうこともあるんじゃないのかな」

とぼけるように、肩を竦《すく》める鯨井に、今日子さんは、「凶器であるドライヤーに、タイマー機能はついていませんでした」と、真顔で返答した。

「というより、そんなものは必要ないんですよ。ドライヤーはただ、できる限り高出力のものであればよかった」

「じゃあやっぱり、他に仕掛けが必要になるじゃないか。午後三時、時間になればドライヤーがバスタブの中に落ちる道具立てが――」

「必要ありません」

と、今日子さんは強調した。

「道具立ても必要なければ、バスタブの中に落とす必要もありません。なぜなら、ドライヤーは最初から、バスタブの中に入っていたんですから」

「バスタブの中に、最初から？　おいおい、なにを言い出すんだ……高出力のドライヤーが湯船に浸かったら、その瞬間にスパークするだろう。仕掛けになっていない」

「私は最初に、純水という可能性を考えました」

「じゅ……純水？」

「はい」

言いながら今日子さんは、プールを指さした。

「プールに張られている水は、塩素が混ざっていますよね。純水はその逆です――つまり、不純物の混ざっていない状態の水です。この状態の水は、分子式的にはH_2Oでありながら、電気をほぼほぼ通しません。もしも湯船の中に張られていたお湯、水が、この純水であったなら、ドライヤーが浸かっていても、スパークはしません」

「……じゃあ、湯船の中で、ドライヤーはずっと動き続けるのかい？」

「ずっとではありませんね。純水の、純水たる状態が崩れれば、その瞬間、スパークするでしょう」

「つまり……、それが今日子さんの言うところの、タイマーなの？　純水の状態変化を、俺が予想したとでも？　一時間後に通電するだろうと、化学的な知識を持たない俺が？」

「いえいえ、私はそんなことは言いませんよ……最初、そんな馬鹿馬鹿しい可能性を考えた、というだけのことです。純水の時間経過による状態変化を読むことなんて、探偵でも無理です——バスタブの中に満ちていたのは、純水ではないでしょう」

「だろうね」

「というより、水自体入ってなかったのではないでしょうか？」

まるっきり荒唐《こうとう》無稽《むけい》な仮説を提出したあとに、本丸に切り込んでくる——それが忘却探偵のやり口らしい。

「ドライヤーはただ、空っぽの浴槽の中に、ぶら下がっていた。その後、カランのコックをひねったんです——全開にはせずに、ほんの少しだけ。するとちょろちょろと、バスタブにお湯が満ちていく——上昇した水面が、ぶら下がったドライヤーに触れたとき」

スパークします。

と、今日子さんは言い切った。

16

「バスタブの容積と蛇口からの水流を計算して、バスタブが満ちる時間を計算するのは、これは小学生の算数の問題ですよね。鯨井さん、あなたが第一発見者として、警察の到着を待つ間にしたことは、しなければならなかったことは、つまり――ゆるんだ蛇口のハンドルを締めることでした」

もちろんそれ以外にも、細かく言えばするべきことはあったでしょうが――と、今日子さん。

「それがあなたが、第一発見者になった理由です」

「……本気で言ってるのかい、今日子さん？」

「本気ですよ」

今日子さんは澄《す》まして言う。

「それとも、この推理に瑕疵でもありましたか？　つっこみたいところでも？」

「あるよ、もちろん」

言いながら、既に鯨井は諦めている。これはあくまで礼儀として、反論しているに過ぎない。今日子さんが説明しやすくするための、フォローをしているようなものだ。

「第一に、ドライヤーを空っぽの浴槽にぶら下げるなんて、重量的に可能なのかい？　自重でコンセントから抜けてしまうんじゃないか？　スイッチをオンにしていたなら、尚更だ。第二に、そんな仕掛けに、被害者の宇奈木が気付かなかったとでも？　あいつは目の前でドライヤーが高出力で動いているのを、むざむざ黙って見ていたとでも言うのか？　第三に、そもそもあいつは、空っぽの浴槽に入って、何をしていたんだよ」

「はい、はい、はい」

律儀《りちぎ》にいちいち頷く今日子さんだった――あとでまとめて答えてくれるつもりなのだろう。なので鯨井は、最後の、もっとも根本的な疑問点についても、出し惜しみせずに述べておくことにした。

「第四に。これはあなたがさっき言った通りだ。仮に、そんなトリックが仕掛けられていたとしても――俺が犯人だという証拠にはならない」

アリバイは崩れるかもしれないが、元々、完全からはほど遠いアリバイだったのだ。

「第一発見者としての俺が、ちょろちょろ流れているお湯を止めたとしても、それは単に、『なんとなく』止めただけかもしれないじゃないか。確たる理由や、必然性なんてなくっても、出しっぱなしの蛇口を見たら、普通、止めたくならないかい？」

「なりますねえ。私、だらしないのが許せない質《たち》ですから」

「じゃあ……」

「誤解されているのかもしれませんが、私、鯨井さんが宇奈木さんを殺害した犯人だなんて、一言も言っていませんよ？」

「え？」

言って――いない。一言も、だ。

「そこにアリバイがあったから、崩してみたくなっただけです――突端がそこなのは、事実なんですけれど。さっき、アリバイがないから犯人だとは限らないと言ったのは、そのまま、額面通りに受け取っていただいて結構なんですよ。ただ――鯨井さんが丁寧に箇条書きで指摘してくださった通り、このアリバイトリックには色々と無理があります。なるほど、時限装置としてはシンプルで、よくできていますが、しかし殺害方法としてはあまりに甘過ぎます。仮にこの方法で人間を一人、殺そうとするなら、コンセントがドライヤーの自重で抜けないように補強して、しかも宇奈木さんの意識を奪った上でバスタブに拘束する必要があります」

「……縛り上げたり、薬で眠らせたり、かな？」

「ドライヤーをバスタブから蹴り出せばいいだけですからね、よっぽど厳重に縛り上げない限り、トリックは成立しません。そして、薬品に限らず、何らかの手段を用いて宇奈木さんを眠らせたとしても」

今日子さんは指でピストルの形を作った――いや、それはピストルではなく、ドライヤーの暗喩《あんゆ》らしい。

「あのドライヤー、高出力だけあって、すっごく大きな音がするんですよ。そんなものがごく間近でごおごお動いているのに目が覚めないほど、深く眠らされていたのなら、遺体に何らかの痕跡は残ります」

縛られていた痣《あざ》も、薬品をかがされた痕も、まったくありませんでした――と、今日子さんは言って、

「総じて言えば、アリバイを作るためにこんな方法で人を殺すのは、馬鹿げています。成功させようとすれば、しなければならない細工が増えていきますし、殺すことはできるかもしれませんが、アリバイが不成立になる可能性が大き過ぎます」

と断言した。

実際、鯨井のアリバイは不成立になったわけだけれど……、それはまったく理由を別にするものだ。それはともかく、

「今日子さん、約束の五分まで、あと一分を切ったみたいだよ」

鯨井がプール脇の時計を指さしてそう言うと、

「十分です」

余裕の笑みで、今日子さんはそう返した。

「こんな方法で人を殺すのは馬鹿げています——だからと言って、事故死と考えるのも、今となっては同様に馬鹿げています。コードが短いドライヤーを、髪の短い宇奈木さんが、バスタブの中で使うなんて、不自然過ぎます。それが危険なことぐらい、小学生にだってわかる——いみじくも肘折警部は、最初にこう思ったそうですよ。風呂の中で髪を乾かそうとするなんて、そんなの自殺行為だって」

「…………」

「自殺行為……ええ、そうなんです。宇奈木さんの死は自殺だったんですよ、鯨井さん——もちろん、ご存知だったとは思いますが」

17

「自殺……そう考えると、実にしっくりきますよね。少なくとも、今、鯨井さんが挙げられ

たような疑問点はすべて解決します。自らの意志で、空っぽの浴槽の中に入ってお湯がたまるのを待っていたなら、拘束も薬品も必要ありません。ドライヤーの音も、ただ自分の意志で我慢すればいいんです——そしてそのドライヤーが自重で、コンセントから抜けてしまわないように、自分で手に取って、支えていればいい」

指紋は残りますが、ご自身の指紋であれば問題はないでしょう——と、今日子さんはドライヤーの形のままにしていた指を、ようやく折り畳んだ。

「つまりドライヤーは、時限装置であり、また自殺補助装置でもあったということです。第一発見者としてのあなたがやったことは、自殺現場の後始末——だったのでは？　ここ最近、宇奈木さんと電話でやりとりをしていたのは、つまり、宇奈木さんからそういう頼みごとをされていたのでは」

「……あまりに発想が突飛で、ついていけないな。いったいどうして、将来を嘱望されているオリンピック候補生が、自殺したって思うんだい」

「一人暮らしの男性にしては、部屋の中が妙に整頓されていました。それを死出の旅へ向けた準備と見るのは、それほど無理はありません」

今日子さんは言って、

「金銭がなくなっていたのは、あなたへの謝礼として、支払ったのでしょうか？」

と、質問してきた。

そんな質問が出てくるということは、この忘却探偵も、何もすべてを理解しているわけではないらしい。

「知らないよ。最後に思い残すことのないよう豪遊でもしたか、寄付でもしたか、どっちかじゃないのかな」

「そうですか。まあ、そんなところでしょうね」

金の行方については本当に知らなかったので、やや投げやりにそう答えてみたが、今日子さんはあっさりとそう引いた。そのことを怪訝に思ったけれど、「あなたがお金のためにやったとは、思っていませんよ」と続けた。

「わかったようなことを言うんだね」

「わかっていますから」

「宇奈木が自殺だったとするなら、どうして俺は、必死にアリバイなんて作らなきゃならなかったんだ？　宇奈木を殺したから、アリバイ工作が必要だったんじゃないのかい？」

「アリバイ工作が必要だったのは、殺したからではなく、疑われるからですよ。ただでさえ不仲な宇奈木さんのご遺体の、第一発見者になろうというんですから――アリバイは絶対に必要だった。あなたは犯人じゃあないからこそ、それを証明する証言を欲したんです」

「……もしも、だ。もしも、俺と宇奈木の間に、そういう取り決めがあったとしよう。なんだ、宇奈木が俺に電話をかけてきて、『やあ、今度死ぬことにしたんだよ。だから俺が死ぬときには、ちゃんとアリバイを作っておけよ？』と、親切にも忠告してくれたとしよう」

「してくれたんでしょうね。ほとんどそのままのことを」

嫌味のつもりだったが、通じない。

穏やかそうに見えて、相当に芯は太い。

「そして『その代わり、手伝って欲しいことがあるんだ』とでも言ったんじゃあないでしょうか。自殺現場の後始末のことです」

「一見筋が通っても見えるが、おかしいだろう。だったら、そんな仕掛けは必要ない。お湯をちょろちょろ流すなんてまだるっこしいことはせず、ドライヤーを直接、約束の時間に湯船に浸ければいい。そんなトリックを弄するということは、イコールでこの事件が殺人事件であるという結論にならないか？」

「イコールではなく、ニアリーイコールです」

「に、ニアリー？」

「そう思わせることが、宇奈木さんの目的だという意味です。普段使ってもいないドライヤーで、事故死にしては疑問点の残る死に方をすることで、殺された振りをして自殺した。遺書も残さず――そして、あなたに現場の処理を依頼して」

宇奈木さんは自殺したと思われたくなかったんです、と、今日子さんは、ここは思うところありそうに、神妙な口調で言った。

「あなたが先程仰ったように、将来を嘱望された、オリンピック候補生ですからね――自殺するような心の弱さを、世間に見せたくなかったんでしょう」

「……羨《うらや》ましいよ、今日子さん」

「は？」

「自殺することを、心の弱さとあっさり言ってのけられる、あなたが羨ましいと言ったんだよ、今日子さん」

俺には無理だね、そんな風に言うのは。

俺も一度、底辺を見たから。

探偵を責めるような局面ではまったくないし、ほとんど八つ当たりみたいなものだったが――鯨井はそう言わざるを得なかった。

「プールの底を這うような泳ぎ方は、俺には無理だ」

気分を害するでもなく今日子さんは、

「それが無理なあなただからこそ――宇奈木さんは、しがらみを捨てて、あなたに依頼したんでしょうね」

と微笑んだ。

「蛇口を締めておいてくれ――なんて、友達にするみたいな頼みごとを」

「……ひとつだけ、間違えている」

ベンチから立ち上がりながら、鯨井は言う。些細なことではあったし、言うべきでもないのかもしれないが、そんな風に、鯨井と宇奈木が、実は今でも通じ合っていたみたいな言われかたをされるのはこそばゆくて、我慢ならなくて、何か言わずにはいられなかったのだ。

「あいつが俺に頼んだのは、蛇口のことだけじゃない――それはどちらかと言えば、ついでだ」

「ついで？　では、メインは何です？」

「宇奈木の死体の写真、見てないのか？」

首を振る今日子さん。

見たとしても、忘れているのかもしれない。

「じゃあ、見てやってくれよ。あいつ、穏やかな顔をして死んでいるぜ——感電死したとは思えないくらい、綺麗な死に顔でな。当然だ、俺が整えてやったんだから」

整えたと言っても、見開いた目を閉じさせ、同じように口を閉じさせただけだが……、それだけでもだいぶん、印象は違うものだった。

「言ったろ？　格好つけた伊達男だったんだよ。自分が死んだあとの評判まで気にしてる——俺はあいつのそういうところが、たまんなく嫌いだったよ」

「……合理的ではありませんね」

でも、と今日子さんは言った。

「でも、スイマーは、魅せるのが仕事ですからね——人にどう見られるかは、重要なのでしょう」

「今日子さん、俺はどういう罪になるんだ？　死体損壊……かな？」

「さあ。法律には疎《うと》くて。理念と原則しか知りません」

「探偵にあるまじきことじゃないのかい？」

「覚えても忘れちゃいますからねえ。私がアテにしているのは、もっぱら昔ながらの古い価値観って奴ですよ」

　言って、今日子さんも立ち上がった。

「死体を、むしろ見栄えよく整えたというのであれば、損壊というイメージからは遠いと思います——自殺幇助《ほうじょ》が成立するかどうかも微妙です。知ってて止めなかっただけですからね……お湯を止めたことは、証拠隠滅と言われるかもしれませんので、その点は肘折警部にご相談ください。決して悪いようにはされないと思います」

「そりゃ助かるよ。……なあ、今日子さん」

　鯨井はそう言って時計を見る——ちょうど五分。まだ訊きたいことや、話し足りないことがないでもなかったが、ならば、ここで話を切り上げるのが粋《いき》というものだろう。

　それでもひとつだけ、ロスタイムだと言い訳して、水着姿の探偵に、質問しておくことにした。

「さっき、あなたを責めるようなことを言ったけど……、俺にだって、宇奈木の気持ちが、ちゃんとわかっているわけじゃないんだ。あいつが自ら命を絶ったことについて、納得しているわけじゃない——そのことについて、どんな感想を持てばいいのかわからない。……こんな結末も、『面白いこと考える人がいるなー』で、片付けちまって、いいのかな?」

「駄目ですよ。現実ですから」

　ずっと、悩んでいてください。

今日子さんはぴしゃりと、容赦《ようしゃ》なくそう言った。

「私は明日には忘れてしまいますが――あなたはずっと、宇奈木さんのことを覚えていてあげてください。たとえ、どんなに嫌いでも」

「…………」

「では、鯨井さん」

と、まだ半乾きの白髪頭を、今日子さんは鯨井に向けて、深々と下げた。

「またいつか、どこかでお会いしたときは――一から口説いてくださいね」

18

「今日子さんの言う通りでした。宇奈木さんのアスリートとしてのベストタイムは、ここのところ、伸び悩んでいるようでした――ただし、あくまでもそれは、数字の上だけのことです。周囲のコーチや友人に訊いてみても、特に彼が自殺を考えている様子はなかったようです」

ジムの外で合流した肘折警部が、並んで歩きながらそう報告すると、プールで泳いだせいで目が赤くなって、それが白髪と相まって多少、兎みたいになっている今日子さんは、さほど意外そうでもなく、

「親しい人間にほど、胸の内を打ち明けられなかったのかもしれませんね」

と頷くのだった。

「だから、決裂した鯨井さんにしか、協力を仰げなかった——そんなところでしょうか」

「鯨井さんがそれに応じた理由は？　金銭の授受があったわけじゃあないんでしょう？」

「友情でもなかったようです。強いて言うなら、男気でしょうか？　……格好つけたかったと、言うこともできるでしょう。その辺、自殺したと思われたくなかった宇奈木さんと、似たもの同士と言いますか——類友と言いますか」

「……友達なのか、友達じゃないのか、どっちなんですか？」

「男の子同士なんでしょう」

肩を竦めて、今日子さんは薄く笑った——どことなく楽しそうな口調でもあったので、それは冗談で言ったのかもしれない。いずれにしても、ここから先は警察の仕事だ……即座に連行するだけの証拠がない以上、肘折警部としては、鯨井の出頭を待つことになるだろう。

もう、逃げはしない。そう今日子さんは太鼓判を押した。

「それでは、肘折警部。一件落着ということで、せかすわけではありませんが、そろそろ代金のお支払いをお願いします」

駅まで来たところで、今日子さんは探偵の顔から、経営者の顔になった——現在午後十時、今日も残り二時間。置手紙探偵事務所への支払いは、現金での当日即払いが基本である——なにせ翌日には忘れてしまうのだから、そうせざるを得ない。

「わかっていますよ。この通り、ちゃんと昼間のうちに用意しておきました。ご確認ください。領収書をいただけますか？」

言って、肘折警部は背広の内ポケットから封筒を取り出して、丁寧《ていねい》に手渡した――熟練の銀行員のような手さばきで、中の紙幣を数えた今日子さんだったが、そこで不審そうに首を傾げる。

「失礼ですが、肘折警部。これでは領収書をお出しすることはできません」

「え？　あれ、おかしいな。足りませんでしたか？」

穏やかで丁寧な口調ながらも、ある種、事件の真相を指摘するときよりもよっぽど厳格な視線で、こちらの不備を指摘する今日子さんに、肘折警部はたじたじになる。

「ちゃんと言われた通りの額を用意したはずなんですけれど……ああ、そうだ、わかった。違いますよ、今日子さん。ほら、消費税分、つまり一割、規定料金からおまけしてくれると仰っていたじゃないですか」

肘折警部がそう指摘すると、

「仰ってません。だって、まったく覚えがありませんもん」

忘却探偵はそう言ったのだった。

1

「いやあ、善良なる一市民として捜査に協力したいのは山々なのですが、生憎《あいにく》、私にはまったくわからないんですよ。さっきも申し上げました通り、どうしてこういうことになったのか、さっぱりなんです。お力になれず、誠に申し訳ありません」

事件の犯人と目《もく》されるその人物は、心から申し訳なさそうな表情を作って、抜け抜けとそんなことを言う――犯人の定番の台詞《せりふ》と言えばそれまでなのだが、しかし案外、したたかで、厄介《やっかい》な物言いでもある。下手《へた》な言い訳を一切せず、釈明《しゃくめい》らしい釈明もしようとせず、ただひたすらに知らぬ存ぜぬで押し通す――嘘《うそ》をついて誤魔化そうとしない代わりに、事件については何も話さないと言うことで、これでは証言の矛盾《むじゅん》をつくことも、論理的に追いつめることも極めて難しい。『恐れ入りました、私がやりました』という自白を引き出すのは、骨が折れそうだ――そんな風にこちらが考えたのが伝わったのか、被疑者は更に、

「本当、そのときのことは、まったく記憶にありませんので」

などと言う――しゃあしゃあとして、余裕の態度だ。

人を一人殺しておいて、まったく反省の色も後悔の様子もない――とは言うまい。自分の身を守るために、なりふり構わず必死なのだ。そう考えれば、ある種、同情にも似た気持ちもわいてくる――が、しかし、そんな被疑者と向かい合う彼女は。

総白髪《そうしらが》の探偵・掟上今日子《おきてがみきょうこ》は、守りを堅めた被疑者の態度にまったく動じることなく、

逆に言えば、相手にまったく同情する様子もなく、にこにこしたまま、「残念ながら、それは私の台詞でして」と言った。

「記憶にないのは、こっちのほうです」

2

『密室殺人事件なんて所詮《しょせん》は推理小説の中でだけ起こるファンタジーであって、現実の世界ではまず起こらないものである』

そんな文言《もんごん》こそ、所詮は推理小説の中にしか出てこない――と、遠浅《とおあさ》警部は思う。誰にも話したことはないけれど、子供の頃に愛読した推理小説の影響を受けて就職先を決めた彼なので、いったい今まで、何度その文言を目にしてきたかわからないくらいだ。

だが、現実と幻想との違いという意味では、意外なほど『密室殺人事件』は、現実世界に散見されるものだった――もちろん、厳密にはそれは、推理小説でいうところの密室殺人事件ではない。荒唐無稽《こうとうむけい》な大トリックや、聴衆が驚嘆するような謎解きは、そこには付随《ふずい》しない――あるのは犯人の、『死体を隠したい』『死体が見えないようにしたい』という、切実とも言える実際的な動機だけである。

犯行が露見しないように、死体を隠したい――というのもあるだろうが、人を殺してしまったという揺るぎない事実から逃《のが》れたくて、目をそらしたくて、死体を自分の視界の外へとしまい込んでしまいたい――という気持ちのほうが、きっと大きいのだろう。

内に閉じ込めたいのではなく、外に閉じ込めたいのだ。

だから、死体を無人の部屋に押し込んで。

がちゃりと鍵をかける。

外部から干渉不可能な密室を作る——遠浅警部はそんな、推理小説ファンとしてはまったくときめかない事件と、数々、向かい合ってきたものである。

結局、推理小説で起こる事件が、実際の事件と一番趣を異にするのは、犯人の思考においてなのかもしれない——『大トリックを考えるような頭脳があれば、殺人を犯《おか》すなんてリスクを冒《おか》すはずがない、それくらいの損得計算はできるはずだ』という、それもまた推理小説によく登場する定番のフレーズを言いたいわけではなく。

遠浅警部の定義するところ、推理小説の犯人は、探偵役と双璧《そうへき》をなすライバルであり、対等の格でなければならない——たとえトリックを見抜かれ、犯人だと名指しされたところで、まったく動揺することなく、潔《いさぎよ》く、むしろ堂々《どうどう》と、犯行に至るまでの経緯を開陳《かいちん》しなければならない。犯人は、名探偵と同じくらい、演説が得意でなくてはならないのだ。

だが、実際にはそんな犯人はいない。

彼らは大抵《たいてい》、追い詰められてやむにやまれず、あるいは勢い余って罪を犯していて、だからそれを誤魔化《ごまか》すことに必死なのだ——まあ、考えてみれば、法治国家において、殺人犯は、探偵どころか国家を敵に回しているわけで、それで正常な精神状態を保てるわけもあるまい。

きっとこの事件の犯人も、捕まることにすっかり怯《おび》えてしまって、混乱した末に、こんなわけのわからない、意味不明どころか意味のない密室を作ってしまったに違いない。

遠浅警部はそう決めつけた。

(しかしまあ、密室と言うにしても、相当狭い密室だがな——場所も風変わりと言うか)

風変わりと言うか、慣れなかった。

密室や、殺人事件よりも、よっぽど慣れない。

事件現場は、アパレルショップ内のフィッティングルーム——試着室だったのである。若い女性向けの路面店で、四十路《よそじ》を過ぎた中年男性の遠浅警部には、まったく縁のない場所だった——さっきもうっかり『服屋』なんて言ってしまい、部下に失笑されたものだ。

被害者は屋根井刺子《やねいさしこ》。

このアパレルショップ『ナースホルン』の、常連客だったと言う——年齢二十二歳、一人暮らしの会社員。

現場でいくらキャリアを積んでも、殺人事件に馴染《なじ》むことなんてなく、いちいち嫌な気分になるものだけれど、しかし、被害者が若い女性のときは、中でも暗澹《あんたん》たる気分になる。派手に染めた髪や大きなファッショングラスは、死体を飾る要素として、あまりにシュール過ぎた。

死因は撲殺《ぼくさつ》。頭を一撃。

現場——フィッティングルーム内に落ちていたハンガーが凶器だったと思われる。服を吊《つ》るすためだけに存在する、およそ人命には関わりそうもないアイテムが、殺人の道具に使用されたというのは、なんだか滑稽《こっけい》でさえあったが、しかしもちろん、笑いごとではない。
それに、遠浅警部が普段服を買うような店のそれとは違って、針金やプラスチックででき
た軽量級のハンガーではない、重厚な木製のハンガーである——こんなもので頭を殴られれ
ばそれなりのダメージを負うだろうし、当たりどころが悪ければ、当然、命を落とすことも
あるだろう。
ハンガーは、この店で使用されているものであり、ブランド名も刻印されていた——たぶ
ん、ハンガーの値段が、遠浅警部のコートよりも高いが、まあそれはどうでもいい。
重要なのは、ハンガーがこの店独自のものだということで——犯人は、咄嗟《とっさ》につかんだぞ
れで、衝動的に、被害者・屋根井刺子の頭を殴ったと思われる。つまり、計画的犯行とは思
えない——どこの誰が、ハンガーで人を殺そうなんて考えるか。被害者が死んで、一番慌て
たのは犯人だっただろう——だから。
密室を作った。
フィッティングルームの中に、凶器と死体を押し込んで、がちゃりと鍵を——
（……がちゃりとはかからないか）
ばたんと扉を閉じるわけにもいかない。
なにせ、場所がフィッティングルームである。ドアと言っても風になびくようなカーテン
だし、鍵と言っても、鍵ではなく鉤《かぎ》と書くべき、ひっかけるだけの簡単なフックだ。
音なんてしない。

中からでも外からでも簡単に開けることができる——こんなもの、形ばかりの密室と言っていい。

狭義の密室であって、究極的にはフックを外《はず》すまでもなく、カーテンを下からくぐって中に這入《はい》ることだってできるだろう。

フィッティングルーム内で商品を試着をするときの、目隠し以上の意味はない——一応、天井があるタイプの試着室だったけれど、しかし、推理小説の愛読者として言わせてもらえるならば、こんなスペースやシステムでは、とても密室の名に値《あたい》しない。

（ただし——）

ただし、密室の構造とは別に、考えなければならないことがあった。実際問題、そちらのほうが、密室よりもよっぽど奇妙で、言うなら不可解な謎なのだが——

「あのー」

「うわっ！」

いきなり後ろから声をかけられ、驚いて飛び跳ねる——五センチは飛び上がった。いや、これは、遠浅警部が特別のびっくり屋さんということではない。むしろ、警察剣道・警察柔道で修養した彼の精神は相当に頑強《がんきょう》だ——だが、それだけに、無気配で背後に立たれたことが衝撃的だった。

事件現場に立ち、考えることに集中していたとはいえ、こんな至近距離まで近付かれて、気付かないなんて——いったいいつからそこに、と思いながら振り向いたが、そこには誰もいなかった。

すわ、被害者の幽霊の声でも聞いたのかと、推理小説ファンにあるまじきオカルトなことを一瞬だけ考えてしまったけれど、しかし、これは単なる身長差だった。

少し視線を下げてみれば、そこには眼鏡をかけた総白髪の女性が、満面の笑顔を浮かべて立っていた。分厚いマフラーにダッフルコート、膝《ひざ》のあたりまであるブーツを履《は》いている――センスに欠ける遠浅警部にもわかるくらいに、統一感のあるファッションだった。

「あ、えっと……、そ、その、すみません、お嬢さん。今、この服屋は……、アパレルショップは、立ち入り禁止になっていまして……」

染めているわけではないらしい、特徴的な総白髪なので、年齢感がいまいちわかりづらいけれども、まあおそらくは被害者と同じくらいの、二十代であることは間違いないだろう。アパレルショップ『ナースホルン』の、メインの客層である――お洒落《しゃれ》な女性のようだし、きっと服を買いに来たのだろうと判断して、遠浅警部は戸惑《とまど》いつつも、そんな風に追い出しにかかった――封鎖されて、見張りまでいるのに、どうやって中まで這入ってきたのかはわからないが。

「いえ、確かに、目移りするくらい素敵なお洋服がたくさん並んでいるようですけれども、でも私、お客さんではないのです」

「え？」

読みを外して、きょとんとする遠浅警部に、総白髪の彼女は名刺を取り出して、深々と頭を下げた。

「現場主任の遠浅警部ですね？　初めまして、捜査協力に来ました。置手紙《おきてがみ》探偵事務所所長の、掟上今日子です」

3

掟上今日子の噂《うわさ》は聞いていた。はっきり言えば、有名人である。

いわく、忘却探偵。

どんな事件でも一日以内に解決する、最速の探偵――もっともそれは、一日ごとに記憶がリセットされる彼女の特性ゆえ、一日以内に事件を解決しないことには、事件のことも、犯人のことも、推理のことも、全部忘れてしまうゆえの必然的な最速である。

最速でなければ探偵でいられないと言うのは、なんだか、泳ぎ続けなければ死んでしまう魚類を思わせる――もちろん、探偵としての高い能力がその基礎にあってこその、『最速の探偵にして忘却探偵』なのだが。

推理小説に出てくるような名探偵。

と言うにはいささか癖《くせ》があるけれども、とにかく、そんな彼女がどうしてアパレルショップ『ナースホルン』にやってきたかと言えば、どうやら署長がいらぬ気を回してくれたらしい。

彼女が経営する置手紙探偵事務所（と言っても所属探偵は掟上今日子一人らしい）は、捜査協力の名目で、ちょくちょく、事件現場に呼ばれるのだ——警察が探偵に協力を依頼するというのはたとえ法的に問題がなくともなんとなく世間体《せけんてい》というか、体裁が悪いけれども、しかし、相手が忘却探偵となれば話が違う。

事件の内容を、依頼を受けたという事実ごと忘れてしまうのだから、完全なる守秘義務の墨守である——後腐《あとくさ》れの残りようがない。

いや、当初はそういう理由付けで協力を要請《ようせい》されていたであろう忘却探偵ではあるけれど、今となっては、たとえそうでなくとも、署から依頼が行くこともあるかもしれない——それくらい彼女は、数々の事件の解決に貢献《こうけん》していた。マスコミを大いに騒がせた『ペットボトル殺人事件』や、その真相が世間に明かされることは百年ないであろう『デヌーマン殺し』。遠浅警部が聞いているだけでも、彼女から難解な事件の解決の手柄を譲られる形で、出世していった同僚が多数いる。

なんのことはない、彼女が封鎖されているショップ内に這入ってこられたのは、顔パスだったからだ——だが、遠浅警部はこれまで、そんな忘却探偵と一度も会ったことがなかった。

初対面だった。

あえて避けてきたつもりはないけれど、少なくとも、どんな難事件に接したときも、上司に要請を出したことは一度もなかった。その機会があっても、総白髪の忘却探偵に会いに行こうとは思わなかった。

翌日になればすべてを忘れてしまう忘却探偵なので、たとえ何度捜査を共にしたところで、次に現場で会うときには『初めまして』からやり直しになる――なんて愚痴《ぐち》を聞かされることもしばしばあるけれど（つまり、事件現場に顔パスの彼女だが、しかし彼女のほうは、見張りの署員の顔をまったく覚えていないわけだ）、遠浅警部は、掛け値なく今回が、『初めまして』である。

それは警察官として、公務員として、民間の探偵に頼るなんて、もってのほかだという職業意識に基《もと》づくプライド――などではない。

そんな、意地みたいな格好《かっこう》いいものだったら、どんなに気が楽だったか――真実は、ただの嫉妬《しっと》である。

推理小説を読んで、その影響で警察官になった遠浅警部だったが、しかし、その職が第一希望だったのかと言えば、決してそうではない――当然ながら第一希望は、事件をばったばったと解決する『名探偵』だった。

ただ、探偵という職業はあっても、名探偵という職業はない――現実世界では探偵とは、調査をする職業であって、捜査をする職業ではないのだ。

だから、言うなら次善《じぜん》の策として、遠浅警部は警察に就職したのだ――なに、推理小説においても、警察官が探偵役を務める名作は多数ある。

ただ、やはりイメージとして、推理小説の中では警察機構は、名探偵の引き立て役を演じさせられることが多いわけで、その点大いに不本意だった。実際には事件に接し、犯人と対《たい》峙《じ》し、治安を維持するのは警察の仕事だというのに――そんな、独《ひと》りよがりとも言える勝手なコンプレックスを抱いていたところに、彼は忘却探偵の噂を聞いたのだった。

名探偵、と皮肉ではなく呼ばれる彼女――フィクションに登場する探偵さながらに、警察から捜査協力を要請される彼女の存在は、遠浅警部からしてみれば、もう羨《うらや》ましくて羨ましくてたまらない対象で、だからこそ、今日まで頼らずにきたのだった。

妄想もそこまでいくとほとんど強迫観念のようではあるけれど、警察官としてどうにかこうにか頑張ってきた自分が、名探偵の登場によって、引き立て役に引きずりおろされるのが嫌だったのだ。

……こうしていざ対面してみると、思っていた感じとはだいぶん違う。推理小説に登場する探偵のように、圧が強くはない。ぽわんとした、おしとやかそうな女性だ。意外なことに現実世界にも数多く存在していた密室だって、思っていた感じとは違ったわけだし、名探偵も現実世界では、そりゃあパイプを咥《くわ》えてはいないだろうが……。

「お嬢さん、ご協力はありがたいんですが、しかしあなたにお時間を割《さ》いていただくほどの事件ではないと思いますので、どうかお引き取りを……」

不意をつかれ、わずかに反応が遅れてしまったけれど、ともかく追い返そうと、そんなことを言う遠浅警部――幸い、現場検証はほとんど終わっていて、部下達は三階の事務所のほうで店の従業員達から話を聞いているので、売場には遠浅警部ひとりだった。誰かに見られる前に、体《てい》よく帰ってもらおう――見張りの警官に白髪を目撃されているが、そこはうまく口止めをすれば――なんて、そんな算段を立てていたのだが、しかし、そう言った先には、もう彼女の姿はなかった。

いきなり現れた彼女は、いきなり消えていた。わずかに反応が遅れた間に、目まぐるしくも移動していた——フィッティングルームのほうへ。

「ここにご遺体があったんですか？　既に運ばれたようですが——血痕《けっこん》はありませんけれど、被害者は出血していなかったのですか？」

「あ……こ、困ります、お嬢さん」

勝手に検分を始めている彼女のところに駆けつける遠浅警部——少しでも目を離したら次の行動に出ているという最速の探偵のスピードは、噂以上のものがあるらしい。だいたい、今遠浅警部は、目を離してなどいなかったはずだ……。

ただ、抜けているところもあるのか、彼女がしゃがみ込んで見ていたのは、被害者・屋根井刺子の死体があった試着室ではなく、その隣だった。まあ、作りは同じなのだが。

「お嬢さん、はやめてくださいね。生年月日は覚えていませんけれど、一応公称・二十五歳ということになっています。お嬢さんと呼ばれるような年ではありません」

よければ今日子さんとお呼びください。

と、振り向いて彼女は、笑顔で言った。そんな親しげな呼び方はしたくなかったけれども、しかしまあ、お嬢さん呼ばわりが失礼だったのも確かだ——遠浅警部としては丁寧《ていねい》なつもりでそう呼んでいても、相手が気分を害したのなら意味がない。

「今日子さん。仏さんがあったのは、隣です」

「あら。そうでしたか」

「いえ、左側じゃなくて、右側の……」

フィッティングルームは全部で六つ並んでいて、屋根井刺子が死んでいたのは、右から三つ目の部屋だ——もっとも、その部屋の中にも、血痕を始めとする、殺人の痕跡はない。彼女——今日子さんの言う通り、被害者は頭を強く殴られてはいたけれど、出血はなかったのだ。

さすが名探偵は、死体も見ずにそんなことを言い当てる——と、勝手に感嘆《かんたん》しそうになってしまったけれども、これは遠浅警部が気後れしてしまっているだけだ。たとえシャーロック・ホームズでも、違う現場を見て推理ができるものか。

実際、今日子さんも、

「ふうん。わかりませんねえ」

と、見当違いを恥ずかしがることも悪びれることもなく、ブーツをするっと脱《ぬ》いで、問題の試着室の中に這入る——中に這入る？

その動きにはスピードこそなかったが、まるっきり自然な動作だったので、その蛮行《ばんこう》は目の前で行われたというのに、止めることができなかった。

普通の神経をしていたら、さっきまで死体があった試着室の中に這入ろうとなんてしないだろうという虚《きょ》を、見事に突かれた——既に検証は終わっているので、這入られたからと言って特に困ることはないのだけれど。

「ちょっと、今日子さん――」

「少しお待ちください」

しゃっと、カーテンが引かれた。

伸ばした手はぎりぎり届かなかった――やっぱりがちゃりとは音はしなかったけれども、カーテンの不自然な動きから、しめると同時にフックを引っかけたようだ。

いきなりやってきて、許可も取らずに事件現場に閉じこもるというのは、たとえ彼女が署長の依頼でやってきた探偵だとしても、現場の判断で逮捕されてもおかしくはない――けれど、こうされて見ると、どうやら前言は撤回《てっかい》しなければならないらしい。

カーテンで仕切られただけの、フックを引っかけるだけのフィッティングルームなんて、出来損ないの密室であり、外側からでも簡単に鍵を外せるし、なんなら下からカーテンをくぐって這入れる――なんて嘯《うそぶ》いていたけれども、実際にそういう状況を作られてしまうと、なんとも手の出しようがない。

物理的にはもろい密室でも、心理的には、溶接された鉄板のように、強固な密室だった――なぜなら、フィッティングルームの内側から、しゅるしゅると、衣擦《きぬず》れの音が聞こえてきたからだ。

脱いでいる?

試着室なのだから、それはまったく正しい用途ではあるのだろうけれど――しかし、もしもそうなのだとすれば、今、このカーテンを開けるわけにはいかない。悲鳴でもあげられたら大騒動になる——その悲鳴を聞いて部下達が駆けつけて来るなんてどたばたな展開は、御免被《ごめんこうむ》りたい。

「あ、あのー。今日子さん。何をされているのですか？」

「もちろん、着替えているんですけれど」

「い、いや、できれば、殺人現場で着替えないでいただきたいんですが——」

「お待たせしました」

思わぬ展開にしどろもどろになりながら、カーテンの向こう側に話しかけた遠浅警部だったが、わけがわからないうちに、そのカーテンはしゃっと開けられた——すると今日子さんのファッションは一変していた。

白地に赤のチェック、ゆるめのワンピースである——七分袖《しちぶそで》で、スカートの丈《たけ》もやや短めで、その下からスキニージーンズが伸びている。

ん、と、これはさすがに遠浅警部も気付いた。

服なら（特に女性服なら）なんでも同じに見えてしまう彼だけれども、しかし、さすがに今、今日子さんが着替えたそれが、このアパレルショップ『ナースホルン』の商品だということは——だいたい、タグがついているし。

どうやら、フィッティングルームに這入る際、いつの間にか、その辺りの服を手に取っていたらしい——持ち込みは二着まで。

「うふふ。やっぱり素敵ですね。このブランド、ファンになっちゃいそうです」

言いながら、今日子さんは両手に持っていたハンガーの片方を、遠浅警部に渡す。意味もわからないまま受け取ったら、

「凶器は、これと同じハンガーだったんですよね？」

と訊《き》いてきた。

う、と思う。

凶器がハンガーであることが、どうしてわかった？　いきなり着替えだしたと思ったが――とんでもない早着替えだと思ったが――そうではなく、カーテンの向こう側では、探偵特有の現場検証を行っていたのか？　死体も、その痕跡もないのに？

「ああ、いえ、外で聞いただけですよ。鑑識っぽいかたとすれ違いましたので」

「…………」

拍子抜《ひょうしぬ》けするような答――だと思ったけれど、よく考えたら、拍子抜けするような答でもない。いくら顔が知れているとは言え、すれ違っただけの鑑識から、そんな捜査情報を聞き出してくるとは――探偵の本職が、捜査よりも調査であるとは言え。

ともかく、ハンガーを……凶器と同じものを用意するために、今日子さんは着替えたということらしい。二個用意したのは、自分の分と遠浅警部の分、人数分ということなのだろうか？

……別にかけられている服を外せばいいだけなのだから、着替える必要はないと思うけれど。

「ずっしりと重くて、丈夫なハンガーですね。確かに、こんなもので殴られたらひとたまりもないかもしれません」

さっきまで着ていた服を脇《わき》に抱えて、外に出てくる今日子さん――脱ぐときもそうだったが、ブーツを履く動きも、実にスムーズだった。ブーツは着脱に時間のかかる履き物のはずなのだが、まるでサンダルでも履くがごとしだ。

「ええ……しかし、こんなものを凶器に使おうとは思わないですよね、普通」

「そうですね。こんなもので殺されては、被害者も浮かばれません――殺された以上、何で殺されても浮かばれませんが」

「だから、衝動的な犯行だったんでしょう。殺すつもりはなく、たまたまつかんだ、そばにあったハンガーで殴った――まさか被害者が死ぬなんて、思いもせずに」

「そうかもしれません。ただ、そう見せかけようとしただけかもしれません」

今日子さんは言った。

フィッティングルームから出た彼女は、今度は周辺の売場をうろうろと歩く――棚に並べられた帽子や靴を端から見ているようで、なんだかそうしていると、本当にただの買い物客みたいだ。

「そ、そう見せかけようとした？　どういう意味ですか？」

「ですから、衝動的で計画性のない、殺意のない犯行だったと、見せかけようとしたのかもしれないという意味です。殺人罪ではなく傷害致死罪ならば、罪が一等、減じられますからね——だとすれば、この事件の犯人は手強《てごわ》いですよ。普通、犯人は捕まるまい捕まるまいとばかり考えますが、この事件の犯人は、捕まった場合のことも、考えているのですから」

それは遠浅警部にはない発想だった。

さすがに傷害致死にはならないにしても、犯行にあたって、計画性があったかなかったかというのは、裁判では重要な論点になる。

推理小説に登場する犯人のように、綿密《めんみつ》な計画を立てて、時間をかけて犯行に及べば、捕まったとき、その罪は加算される傾向《けいこう》にある——悪質性が高いと判断されるわけだ。それに比べて、衝動的に、無計画に行われた犯行は、むしろ『悪意がない』と判断されがちだ——反省の態度をしっかり見せれば（たとえ反省していなくとも）、刑期は相当に短くなる。弁護士がいい仕事をすれば、執行猶予がつくこともあるだろう。

確かに、もしも犯人がそこまで考えているなら、相当に手強いと言える——なまじ、事故を装《よそお》って殺そうとするよりも悪質だ。もちろん捕まらないことが一番なのだろうが、あえて稚拙《ちせつ》な犯人を装うことで、捕まったあとに受ける処罰も、軽くしようというのは、息を呑むような発想の転換である。

その辺のハンガーを凶器にしていたり、簡素な密室を作ったり、メンタルの弱い犯人像をイメージしていたけれども、それはこの際、取り払っておいたほうがいいかもしれない——そんな思い込みをしていたら、足をすくわれかねない。

と、そこで、

「はっ」

　と、我に返る——いつの間にか、今日子さんのペースに巻き込まれている。探偵に主導権を取られている——これではまさしく、引き立て役の警部ではないか。

　感心している場合か。

「あ、あの、今日子さん」

「はい、なんでしょう」

「どうやら手違いがあったようなんです。きっと署長が何か勘違いをしたんでしょう。お忙しい中、折角《せっかく》足を運んでいただいたのに恐縮なのですが、この事件では十分人数が足りておりまして、あなたにお手伝いしていただけるようなことがないんですよ。なのでどうか……」

　気を取り直して、今度こそ探偵を追い返そうとした遠浅警部だったが——思えば、『現場に勝手に這入ってきた探偵を追い返そうとする頭の固い現場の警部』というのも、わかりやすい引き立ての役どころだったが——果たして今日子さんは、

「ご心配なく」

　と、ハンガーを持ったまま、その手を振った。

　なんてことはない動作なのだが、その物体が人を殺し得るということを知ってしまった今となっては、その手つきは、なんだか威嚇《いかく》のようでもあった。

「私、署長さんから、そういう意味での捜査協力を頼まれてはいませんので。遠浅警部のや

りかたや推理に、余計な口出しをするつもりはありません」

署長さんからは、現場主任の遠浅警部はとても優秀だと聞いております、と今日子さん――勝手に探偵を呼んで、恨みにさえ思っていた署長から、そんなことを言われていたと知って、遠浅警部は少なからず後ろめたい気持ちになる。

しかし、ならばどうして、今日子さんはここに？

「助手、と言いますか……、アドバイザーとしての立ち回りを依頼されたのです。ほら、遠浅警部って、男性じゃないですか。こういうアパレルショップでは、何かと勝手がわからないんじゃないかと言うことで」

そういうことか。

それはそれで余計なお世話だと思う一方で、正直に言えば、とてもありがたかった――従業員の事情聴取を部下に丸投げしてしまっているのも、まるで異国に迷い込んでしまったかのごとく、完全に言語が違ったからだ。ファッション業界の用語なんて、遠浅警部にはさっぱりわからない。

若い分、遠浅警部よりはアドバンテージがあるとは言っても、部下達も相当苦戦しているようだったし、せめて女性警察官がいればと、応援を頼むことも考えていたのだが――そこに署長が先に手を打ってくれたという運びらしい。

つまり今日子さんはこのたびは、探偵としてではなく、ドレッサーとして現場に招かれたということのようだ。確かに、遠浅警部でもわかるくらいお洒落な彼女ならば、申し分ないだろう——噂では、同じ服を二回着たことがないと言われている掟上今日子である。

むろん、忘却探偵と遠浅警部に、まずはソフトなところから接点を持たせようという、大人の意図《いと》もあるのだろうが……。

「そういうことなら、どうか、よろしくお願いします。なにぶん、服のことなんてちんぷんかんぷんで……」

我ながら露骨な態度の豹変《ひょうへん》だと思いつつも、探偵が推理をするつもりはないと知り、素直に協力を仰《あお》ぐ遠浅警部に、今日子さんは、「はい、お任せください。遠浅警部の捜査の邪魔は絶対にいたしませんので」と言う。

「ところで、遠浅警部。店員さんをひとり、ここに呼んでいただいても構いませんか？」

「……？　どうしてでしょう」

咄嗟に警戒心が走る。

アパレルショップ内を捜査するにあたってのアドバイザー……、通訳のようなポジションを取っておいて、やっぱり推理するつもりなんじゃないかといぶかしんだのだが、

「このワンピとジーンズ、買わせていただこうと思うんですけれども……、どうも、レジに誰もいないようですので」

と、今日子さんは言った。

殺人事件が起きたばかりの店内で服を買おうと言うのは、ファッションのアドバイザーとしては、なるほど、頼もしい発言だった。

4

実際、忘却探偵の翻訳《ほんやく》能力は大したもので、三階の事務所でおこなわれていた――遅々《ちち》として進んでいなかった従業員や、死体発見当時の買い物客に対する事情聴取は、その後、とてもスムーズに進行した。

最速の探偵とは聞いていたが、自分のペースのみならず、周囲のペースまで上げてしまうとは、さすがに感心せざるを得ない。

一日ごとに記憶がリセットされると言うから、ひょっとしたら、最近のファッションには疎《うと》いのではないか、だとすればブームの変遷《へんせん》が激しい業界のこと、知らない用語も頻出《ひんしゅつ》するのではないかとも訝しんでいたけれども、どうやらそれは杞憂《きゆう》だったようだ。

「確かに、私の知識は、『ある時点』からは更新されませんけれども、幸い、今回の場合は、基礎を押さえていますからね――ここまでの道中のお勉強で、なんとかなりました」

軽くそう言っていたが、通勤電車の中でスマホゲームをするような感覚で、欠けている部分の記憶を埋め合わせて来るというのは、尋常ではない――早々に匙《さじ》を投げてしまった自分が恥ずかしくもなる。

ただ、そうやって詰め込んだ知識も、明日になれば彼女は忘れてしまうわけだ――忘却探偵の心中など、測《はか》るべくもない遠浅警部だが、それはとても空《むな》しいことのようにも、悲しいことのようにも思えた。

もっとも、当の今日子さんは澄《す》ましたもので、

「いやー、私も色んなかたとお話しできて、楽しかったですよ」

と、満ち足りた顔をしていた。

どうやら、欲しがっていた『ワンピとジーンズ』の支払いを、遠浅警部が代わりに済ませたことで、上機嫌らしい――お金にうるさいという、あまりよくない噂のほうも、この分では本当のようだ。

まあ、ショップの従業員や買い物客から話を聞くにあたって、彼女が店の服を着ている方が好印象なのではないかと思い、買ってあげただけなのだが（とんでもない価格だったので、もちろん、経費で落とすつもりである）。

その思惑は当たったようで、警察官だけでは聞き出せないような砕《くだ》けた話も聴取することができたので、万々歳《ばんばんざい》――と言うほど、遠浅警部のほうは、満ち足りてはいない。

例の、簡素な作りの密室についてはともかくとして――遠浅警部が事件のあらましから他に感じていた、もっとも大きな違和感が、払拭《ふっしょく》されることはなかったのだ。

いや、どころか、得られた証言が詳細になることによって、その違和感は補強されてしまったと言っていい。

てっきり、自分が、関係者達の話がよくわからないから、勝手に事情を取り違えて、早とちりしてしまっているんじゃないかと期待していたのだけれど、そういうわけではなかったらしい――さて、どうしたものか。

「では、仕事も終わりましたので、私はこの辺りで失礼しますね。ご料金のほうは、警察署で署長さんから直接、受け取らせていただきますので。ありがとうございました。これからも置手紙探偵事務所をよろしくお願いします」

「ちょ、ちょっと待ってください」

ぺこりと丁寧にお辞儀をして、アパレルショップ『ナースホルン』から去っていこうとする今日子さんを、遠浅警部は慌てて引き留めた。

何か考えがあって引き留めたわけではない――今日子さんがあまりにも当たり前みたいに帰って行こうとするから、反射的に引き留めてしまったのだ。

「おや？　なんですか？　まだ、通訳が必要でしたか？」

「あ、いいえ、もう通訳は、いいんですけれど……」

おおかたの関係者からは話が聞けたし、それに、知らない業界の用語とは言っても、本当に外国語というわけではない――何度も通訳されているうちに、大まかには理解できるようになってきた。話すのは無理だが、聞くくらいならできる――そういう意味では、確かにアドバイザーとしての今日子さんの仕事は済んでいる。

「ただ、ちょっと気になることがありまして……、よかったら、今日子さんの意見を聞かせてもらえないでしょうか」

「……んー」

そこで悩むような、もったいぶるような素振《そぶ》りを見せる今日子さん。

「私、報酬《ほうしゅう》を受け取る前に、晩ご飯を食べていこうと思っていたんです。なので、遠浅警部がご馳走《ちそう》してくださるなら、構いませんよ」

にこにこして、穏やかな口調で言われたのでわかりにくかったけれど、かなりまっすぐにたかられていた——まあ、ちょうど夕飯時ではある。

さすがに今日子さんのようなご婦人を、遠浅警部が普段通っているような大衆食堂や飲み屋に連れて行くわけにはいかないから、冷《ひ》やかされるのを承知で、普段その軽薄さを苦々しく思っているグルメな部下から、適切な店を教えてもらわねばなるまいが……。

そんなわけで二人は、アパレルショップ『ナースホルン』から、そう離れていない場所にある、カジュアルとフォーマルのちょうど中間くらいの、イタリアンに向かうことになった。

店内では、なんだか他の客からじろじろと見られている気がしたが、これは自意識過剰というものだろう——たぶん見られているのは、今日子さんの総白髪である。

見られている今日子さんのほうは、まったく他人の視線など気にならないようだった。

「いただきます。なんだかすみません、催促《さいそく》したみたいになってしまって」

したみたいじゃなくて、したのだ。

最速の探偵は催促の探偵でもあったわけか、などとくだらないことを思いつつ、遠浅警部も運ばれてきた料理を食べる——おいしいお店だと聞いていたが、変に緊張してしまって、正直、味はよくわからなかった。

「で、私に訊きたいことは？　何か、皆さんのお話の中で、わかりにくいところがありましたか？」

忘却探偵と言えど本分は忘れていないようで、やがて、そんな風に切り出してきた――こちらからは訊きづらかったので、向こうから、それこそ催促してくれたら、とても助かる。

「いえ、おかげさまで、事情聴取は滞《とどこお》りなくおこなえたのですが……、今日子さんは、この事件について、どういう印象を持ちましたか？」

「特に、印象は持っていません」

きっぱりと、今日子さんは言った。

「それは今回の職掌《しょくしょう》の範囲外ですから。考えるのはプロにお任せします――素敵なお店ですので、早く営業再開できるようになればいいなと、思うくらいですかね」

「はあ……」

探偵らしからぬ慎《つつし》み深さだ、と思うのは、早計なのだろう。彼女と一再ならず仕事をしたことがあるという部下から聞いた話では、今日子さんは探偵として、かなり強引で、踏み込んだ捜査をするタイプらしい――それが今日に限って、妙におとなしいと言うか、一歩引き気味なのは、あくまでも通訳として、現場に呼ばれたからのようだ。

フィッティングルームに勝手に這入って着替えたりしていたのも、ひょっとすると遠浅警部が考えていたようなことを最初から思っていて、あくまで通訳のための着替えだったのかもしれない――その際に言っていた、凶器に関する考察も、推理ではなく、ただの一般論として言っていただけなのだろう。

プロというなら、相当高いプロ意識を持っている——裏を返せば、報酬ももらえないのに推理をするつもりはないという、守銭奴《しゅせんど》めいた信念の表れなのかもしれないが。

「もちろん、私なりに思うところや考えるところはありますが、それよりも今は、署長があれほど誉めたたえていた遠浅警部が、どんな推理をするのかが楽しみです」

にこにこしてそんなことを言う。

自分の知らないところで、ハードルがあがっている——あの署長は何をしたいんだと、怒りが再燃してきた。

とは言え、もちろん遠浅警部も、推理という点において、今日子さんに協力を仰ごうというつもりはない——あくまでも、自分が感じている違和感を検証したいだけだ。

流れというか、勢いでこんな店まで来てしまったけれど、本来ならば、現場での立ち話でも済んだような話である。

「ほら、まあ、今日子さんも通訳として、お店の人達や、お客さん達の話を聞いたわけじゃないですか。間接的に……」

通訳なので、間接的どころか、直接的に聞いている——むしろ伝聞だったのは、遠浅警部のほうである。

「はい。聞きました。ご心配なく、どんな捜査機密も、明日になれば私は、綺麗《きれい》さっぱり忘れますので」

忘却探偵ですから、と今日子さんは言う。

そこがもっとも、忘却探偵の買われている点である——被害者や遺族、あるいは加害者のプライバシーに関わるような情報に触れたところで、それが外部へと漏洩《ろうえい》する可能性がゼロなのだ。なにせ、忘れてしまうのだから——破棄以上の情報に対する危機管理はない。

「そのとき、何か、おかしなことに気付きませんでしたか？　皆さんのお話を総合して……」

「ん。んー……」

今日子さんはそこでいったん、間を置く。

そのリアクションから察する限り、『何か』に気付いてはいるようだが、しかしそれを言ったものかどうか、逡巡《しゅんじゅん》していると見える。

それを指摘するのは、依頼を受けていない『探偵の仕事』になってしまうのではないかと思っているらしい——けれど、最終的には、『通訳の仕事』の範疇《はんちゅう》だと判断したようだ。あるいは、『推理をしなければいい』というところに、線を引いたのかもしれない。

「皆さんのお話が本当なら、被害者の屋根井さんは、殺されたあとでフィッティングルームに隠されたのではなく、フィッティングルームの中で殺されたということになりますね——あんな狭い、半畳《はんじょう》くらいのスペースしかないフィッティングルームの中で」

今日子さんは淡々《たんたん》と言う。

食事をしながらする話ではない、と今更のように思い至る遠浅警部だったけれども、今日子さんは特に気にした様子もなく、ナイフやフォークを上品に操《あやつ》っている。

「私も、実際にあのフィッティングルームで着替えてみましたからわかりますけれど……、あの中に二人も這入ったら、ほとんど身動きが取れませんよ。それも女性の話で、遠浅警部のようないい体格をされている男性では、ひとりでも、相当動きづらいかもしれませんね」

そうだと思う。

試着室なんて元々一人での使用を想定して作られているのだから、それで当然なのだが——だが、そこが殺人現場となると、話は変わってくる。

あの狭さでは、殺人どころか、口論をすることさえ難しいだろう——距離が近過ぎる。ハンガーを振り上げて、それを相手の頭に打ち付けるという動作は、そりゃあ不可能ではないだろうけれど、相当難しい。打ち付けられるほうも、黙って打ち付けられはしないだろう……、取っ組み合いの距離感なのだから、抵抗はたやすい。

ただ、被害者の遺体には、特段争ったような形跡はなかった……。

「でも」

と、今日子さん。

「全員の証言を総合すると、そういうことになりますよね——なにせ、試着室に這入る屋根井さんの姿が目撃されているのですから」

そう、目撃されているのだった。

試着室に這入り、カーテンを閉じる姿——そしてそのまま、中に這入った彼女は外に出てくることはなかった。

ずっと『使用中』になっているフィッティングルームを不審に思った店員が、おそるおそる声をかけ、返事がないのを緊急事態と判断し、外からフックを外してカーテンを開けてみれば——中には死体があったということである。

「白昼堂々、お店の営業時間中に殺人が行われたということに、まずは驚きますよね、遠浅警部。他のお客さんだっているのに……隣の試着室で誰かが着替えているかもしれないっていうのに」

「死体発見時の買い物客、全員に話を聞けたわけではありませんが、とりあえず、そのときの両隣には誰も這入っていなかったようですよ」

「実際に這入っていたかどうかはともかく、可能性の問題ですよ——計画的犯罪なら、そこが不安でないはずがないんです。となると、後先考えない、やっぱり衝動的な犯罪だったと見るのが正しいのかもしれませんね」

あるいは、そう見せかけようとしているのか。

今日子さんは、論理をもてあそぶようなことを言う——ただでさえ混乱しているのだから、翻弄《ほんろう》するのはやめてほしい。

ある意味、依頼された分の仕事を終えている今日子さんにとって、事件への取り組みがどこか他人事《ひとごと》みたいになるのは、到し方ないのかも知れないけれど。

ただ、ゆるい口調ではあるが、それ自体は鋭い指摘で、一考の余地はある。仮に自分が犯人だったとしたら、少なくとも営業中の店内で、人を殺したりはしない。

目撃者が多過ぎる。

隣の試着室に人がいるかどうかはわからないとしても、その試着室に這入るまでの間に、どれくらいの来客がいるのかは、嫌でも目に入るわけだ――混み合うようなタイプのショップではないにせよ、今日は休日であり、事情聴取が大変なくらいの人数は来店していた。

いや、目撃者だけではない。

古きよき推理小説の舞台設定ではないのだ――当然ながら、店内には多数の天井カメラが配置されている。営業時間中は常に稼働して、店内を見張っているそうだ――高級店であるだけに、そのあたりの防犯対策は万全だろう。

それらは別段隠しカメラと言うわけではないのだから、ちょっと視線を上に向ければ、嫌でも目に入る――人間の証言ならば、『見間違い』や『勘違い』もあるだろうが、相手が機械となると、そうはいかない。もちろん、これから画像を分析しなければならないけれど、カメラに映っている情報は、基本的には絶対として捉《とら》えなければなるまい。

「でも、最近のビデオカメラのデザインって、格好いいんですねえ」

と、今日子さんは、ちょっと的外《まとはず》れなことを言う――遠浅警部のみる限り、さほど『最近のビデオカメラ』ではなかったように思うが（むしろ旧型に見えた）、すぐにそれは、忘却探偵ゆえのジレンマなのだと思い至る。

記憶が更新されないから、『最近』の定義が、どんどん現実と乖離《かいり》していくのだ――ファッション用語のように、下調べをしておけば対応できるのだろうが、予習してきていないものに関しては、彼女はまったく無知なのだ。

別にその点をフォローする義理もないのだけれど、しかしまあ捜査協力をしてもらっている身である、

「あれは、Wi-Fiで映像を管理できる、無線式の広角カメラですよ。ネットワークカメラ、と言いますか。映像はクラウドに保存されて、事務所のパソコンで店長が管理しているそうです——なので、映像に細工をすることは、難しいと思われます」

と、さりげなく、その辺りの構造を解説した。

「わい……ふぁい？　くら……うど？」

それこそ異国の言葉を聞かされたように、首を傾《かし》げる今日子さん——クラウドはともかく、Wi-Fiはそれなりに由緒ある言葉だと思うのだが、いったい、今日子さんの記憶は、いつから更新されていないのだろう？　なんとなく数年単位だと思っていたが、ひょっとすると、十年、十五年ということも、あるのかもしれない。

あるいは、すべての記憶がないのかも……。

そんなことを思いつつ、さすがにそこまでは踏み込めないと、ここでは遠浅警部は、『Wi-Fi』と『クラウド』の説明をするにとどめた。

「はー。ハイテクですねー」

感心したように頷《うなず》く今日子さんは嬉しそうだ。

知識の吸収が楽しくて仕方ないという風だ——まあ、探偵なんて職業は、そういう好奇心

がなければ、成り立たないか。今日子さんの場合は、いくら知識を仕入れても――遠浅警部が何を教えても――明日には忘れてしまうわけだが。

「なるほど、なるほど――ただし、防犯カメラも絶対ではありませんからね。死角はどうしたって、生じます」

「ええ、そうですね」

厳密に言えば、死角が限りなくゼロになるように防犯カメラを配置することは可能だ――ただ、その場合、天井をびっしりと、カメラが埋め尽くすことになる。

見栄えがいいとは言いがたい。

そんな環境では落ち着かなくて、楽しく買い物なんてできっこない。

「ええ、その辺りは、難しいところですねえ。あまりがちがちに防犯を固めてしまうと、普通のお客さんからしてみれば、よからぬことをするんじゃないかと疑われているようで、気分のいいものではないでしょうから」

「はい。それに、防犯意識をあまり露骨に高め過ぎてしまうと、逆説的に、あまり治安がよくないというアピールにもなってしまいます」

遠浅警部は言う――それは防犯カメラの設置に限らない、防犯や規制の全般に向けて、彼が思うことでもあった。

「そういう意味では、あのお店にあったカメラの数は、常識の範囲内でした。商品が盗難に遭《あ》わないよう、防犯タグでちゃんと管理しているからというのもあるのでしょうが」

「防犯タグですかー」

今日子さんはその単語を復唱する——まさか防犯タグも知らないのだろうかと危ぶんだが、さすがにそれは知っていたようで、

「しかし、防犯カメラも防犯タグも、殺人を防いではくれなかったようですが」

と、続けた。

確かに、防犯対策には限界がある。衝動的な人間の犯罪は——あるいは、『捕まってもいい』と思っている人間の犯罪は、防ぎようがない。これが最初から捕まったあとのことも考えての犯罪なのだとすれば、自分の仕事が空しくもなる——もちろん、まだそうと決まったわけではないので、予断は禁物だが。

「ただ、目撃証言や、カメラの映像を受ける限り、どうにも違和感のある犯行だったことは事実なようです——試着室の密室はさておき、これでは、人の目によって密室が構成されているようなものです」

「密室？　ですか？」

話を進めようと、まとめるようなことを言った際の失言を、今日子さんに捉えられた——しまった、探偵相手に出す言葉ではなかった。

もちろんこの場合、今日子さんは、言葉の意味がわからずに復唱したわけではあるまい。密室なんて推理小説にしか出てこない——というのは思い込みで、実際には多数、様々な形で存在するのだけれど、だからと言って、それらをそんな風に呼称するかどうかは、また

別の話だ。

密室殺人事件という言葉は、どこかエンターテインメント性を帯びていて、現実の世界に適用するには不謹慎《ふきんしん》である——下手をすれば、面白がっているかのような印象を与えかねない。

探偵ならばともかく、刑事の使う言葉ではない——しかも、『人の目による密室』なんて、密室の拡大解釈まで始めてしまえば、目も当てられない。

趣味と仕事の切り離しには普段から気をつけているつもりだったが、慣れない雰囲気のレストランにあてられて——あるいは、女性と二人きりで食事なんてシチュエーションに緊張して、思わぬ言葉がこぼれてしまった。

「あ、いえ、失礼……、決してふざけたわけではなくて」

「構いませんよ。仰《おっしゃ》る通り、密室ですしね——ひょっとして遠浅警部って、推理小説のファンだったたから刑事を目指したというタイプですか？」

図星を指された。

密室と一言漏《も》らしただけで、そこまでバレるとは思わなかったが、これが本職の探偵ということなのかもしれない——たぶん、その一言だけではなく、ここまでの遠浅警部の振る舞い、一言一句どころか片言隻句《へんげんせっく》から、そう推理したのだろう。

否定するのは簡単だった、違うと言えばそれでよかったけれど、しかし動揺してしまって、咄嗟に答えることができなかった——この手の質問は、間があいてしまえば、肯定《こうてい》したのとほとんど同義である。

「ふふっ」

と、そんな風に笑われたので、馬鹿にされたのかとさすがに気色《けしき》ばんだが、今日子さんは続けて、

「羨ましいです。自分がどうして働いているのか、ちゃんとした理由があるなんて」

と言った。

「私は、自分がどうして探偵をしているのか、その理由を忘れてしまいましたからね——はっきりと言える就職の動機があるかたが、本当に羨ましい。私も言ってみたいものです、推理小説が好きで、名探偵に憧れてこの仕事に就《つ》いたって」

「…………？」

言っていることの意味は、よくわからなかったが、とりあえず、決して馬鹿にされたわけではなかったらしい。推理小説ファンだから警察官になったなんて、とても『ちゃんとした理由』であるとは、自分でも思えないのだが。

「そうでもないでしょう。野球選手やサッカー選手には、漫画の主人公に憧れて、プロにまでなったという人が多数おられるではありませんか。警察官や探偵に、同じ理由でなってはならないという法はありません」

今日子さんはきっぱりと言った。

なんだか強引な理屈であるようにも思えるけれど、しかし、その言葉は、遠浅警部の心に

ずっと巣食《すく》っていたコンプレックスを、少しだけ軽減してくれた。

他ならぬ探偵――名探偵と呼ばれる探偵からそう言われたことが、効果的だったのかもしれない。

とは言え、今日子さんとしては別段、遠浅警部を激励《げきれい》するつもりでそんなことを言ったわけではないようで、「では、密室に話を戻しますが」と、腕まくりをする。

「推理小説に憧れて、探偵や警官になってはいけないという法はありませんが、殺人が許されないという法はあります――どこまで計画的だったのか、どこまで衝動任せだったのかは現時点では定かではありませんが、結果、奇妙な密室が成立してしまったことは揺るぎない事実です。その揺るぎない事実を、揺るがせるために、検証をしてみましょう」

及ばずながら状況整理に協力させていただきます、と言って、今日子さんは腕まくりをした左腕を、どんとテーブルの上に置いた。まるで採血を求めるように、内側を表にして。

照明を暗めに落としている店内でも、まばゆいほどに白い肌だった――中年男性には、やや目の毒である。

なんのつもりなのかわからず、その行動に戸惑っていると、

「筆記具をお借りしますね」

と、今日子さんは反対側の右手をすいっとこちらに伸ばしてきて、胸ポケットに入れていたボールペンを抜き取った。

器用に片手でキャップを開けて、

「お店の開店時間は朝十時」

と、むき出しにした左腕の、手首のあたりに一本、線を引く。続けて、

「死体が発見されたのは十二時――」

と、肘《ひじ》の辺りに、同じような線を引く。

「問題は、この間にいったい、何があったか、ですよね？」

「は、はあ――」

どうやら、気合いを入れて腕まくりをしたわけではなく、自分の腕をタイムテーブルに見立てているらしい。いや、見立てているどころか、実際に書いてしまっている。まばゆいほどの白い肌がメモ帳代わりで、まるで台無しだった。

ギャルソンから紙をもらうなり、ナプキンに書くなり、他にやりようもあるだろう――そもそも、メモ帳なら遠浅警部も持っている。

ひょっとすると、守秘義務を徹底する置手紙探偵事務所のこと、あとで消すしかない場所に機密事項を筆記するというのは、情報管理の一環なのかもしれない。

「とりあえずは、目撃証言もカメラの映像も、いったん全部信用してみることにしましょうか、遠浅警部。見間違いや勘違いもあるかもしれませんし、あるいは、嘘をついている人もいるかもしれませんけれども、ともかく全部信用してみるということで」

「はあ……見間違いや勘違いはともかく、嘘をついているというのは、どういうケースですか？　まさか、今日子さんは、事情聴取をした人間の中に、犯人がいると推理しているので

すか？」

「推理はしません。それは今回の仕事じゃありませんから——あの中に犯人は、いるかもしれませんし、いないかもしれません。でも、犯人じゃなくても、偽証をするというケースは考えられます」

「犯人じゃなくても偽証するケース……、犯人が知り合いで、庇《かば》っている……、とまでいかなくとも、少なくとも積極的に証言したくない、というようなケースでしょうか」

あくまでも、探偵と通訳の一線を越えようとしない今日子さんのプロ意識を、勝手ながらもどかしくも思いつつ、そんな風に反応を窺《うかが》ってみる。

「あとは、ただ単に、面倒ごとにかかわり合いになりたくないという人もいるでしょう。なにせ、ことが殺人事件ですから。下手に証言をして、殺人犯から恨まれたくないと言うのは、一般的な気持ちだと思います」

「それはそうですね……」

たぶん、死体発見時に店内にいながら、そそくさと帰って行った買い物客は、そのタイプだろう——まあ、物見高く、死体の写メとかを撮ってた客層と、どちらが良心的なのかは、遠浅警部には判断がつかない。

「見たものを見ていないと言っている人がいるかもしれませんし、見ていないものを見たと言っている人もいるかもしれません——それらすべてをひっくるめて、検証してみましょう。星の王子様いわく、『大切なものは目には見えない』そうですけれども、でも、目に見えるものだって、同じくらい大切ですよね——誰が何を見ていたのか、証言を整理してみましょう」

「はあ……目に見えるものだって大切、ですか」

当たり前のことを言っているだけなのだろうが、さらりと言われてしまうと、なんだか深い。

「全員の証言を信じてみて、それで結論がどこかおかしくなったなら、誰かが嘘をついているということになります」

背理法《はいりほう》ですね、と今日子さんは言う。

信じることで嘘つきを見つけだそうというのは、なんだか一周回って性格が悪い考えかただ。にこやかにおこなうような手法ではない。

「誰かが嘘をついているか——それとも、誰かが、全員を騙《だま》しているか」

「…………」

ただ可能性を細かく列挙しただけかもしれないけれども、さすがに『誰かが全員を騙している』というケースは、ないんじゃないかと思う。

そのとき、店内にいた全員を騙して、そうとはわからないままに偽《いつわ》りの証言をさせていたなんて、それこそ、推理小説に登場するような、風格のある大犯罪者ではないか。

探偵はいるし、密室もある。

だけれど、そんな大物犯罪者はいない——それが現実のはずなのだ。

「ええ、そうですね。この忘却探偵も、そんな大規模なトリックを弄《ろう》するような犯罪者には、お目にかかった記憶はありません――忘れてるだけかもしれませんが」

軽いジョークみたいにそんな台詞を挟《はさ》んで、今日子さんは検証に入る。

「被害者である屋根井さんが、来店したのは午前十一時――目撃証言もありますし、入り口の防犯カメラにも、入店する後ろ姿が映っています」

言いながら、すらすらと自分の腕に、事件の概要を書き留める今日子さん――手首と肘のちょうど真ん中に、『屋根井さん来店』と。柔らかい人体に書いていることを思えば、なかなかの達筆である。

「その後、店内を一通り見回ったあと、屋根井さんは何着かの服を持って、フィッティングルームに向かいます――そして試着室に這入る。その様子にも、目撃証言はありました。まあ、目立つ格好をされていたそうですからね、印象に残りやすかったのでしょう」

目立つ格好と言えば、その通りだった。

今日子さんは被害者の遺体を直接見てはいないけれども、遠浅警部の第一印象としては、『目立つ格好』と言うより、はっきり言えば、『派手な格好』だった。自分にセンスがないから、ファッショナブル過ぎるように見えたのかと思ったけれども、今日子さんがそう言うならば、あながち間違った印象でもなかったのだろう。

「でも、あれも全部、『ナースホルン』の服なんですけれどね」

「ああ、そう言えば、常連客だという話でしたね……」

今日子さんが買った服とは、だいぶ違うようだけれども――それとも、着こなしの違いなのだろうか？

「試着室に這入った屋根井さんは、もう出てくることはありませんでした――発見されるまで、フィッティングルームに這入ったままです。中で何があったのかは、わかりません――悲鳴や、争う音を聞いた人はいなかったそうです」

「ですね」

人間の頭を木製の鈍器《どんき》で殴ったのでは、周辺に響きわたるような音はしないだろう――店内に流れていたBGMに紛《まぎ》れてしまうし、かすかに聞こえたとしても、それがまさか、殺人の音だとは思うまい。

隣の試着室にでも這入っていれば話は別だが、そういう証言者はいなかった――仮にいたとしても、死体が発見される頃にはもう退店したあとだったのか。それとも、巻き込まれるのが嫌で、証言をしていないだけなのか――いや、とりあえず今は、全員の証言を信じると決めているのだった。

『誰も嘘をついていない』が前提である。

「むろん」

と、今日子さんは強調して言う――心なし、腕に書かれる文字も太い。

「試着室から逃走する犯人も、目撃されてはいません」

考えようによっては、そこがもっとも不可解だった。白昼堂々、人目のある、監視カメラの目もある店内で犯行に及ぶことも、狭いフィッティングルームの中で犯行に及ぶことも、不可解ではあるし、普通の人間ならばまずやらないことではあるけれども、しかしそれをやってしまう人がいないとは限らない。

誰もが最適解を選び続けることができるわけではなく——それこそ衝動的に、あるいは何か勘違いをして、そんな理に合わない、無茶苦茶な凡《ぼん》ミスを犯してしまうかもしれない。

けれども、それだけのミスを犯しながら、逃走には成功する——というのは、まったく理屈に合わない。

だいたい、逃げる姿が目撃されていないだけではないのだ——それ以前に、被害者が這入ったフィッティングルームに侵入する犯人の姿も、やはり目撃されてはいない。

「そうですね。もっとも、そちらについては、犯人が元々、フィッティングルームの中に潜んでいたという可能性もありますが。いわゆる待ち伏せです」

今日子さんは一応そう言ったけれど、まさか本気で言っているわけではあるまい——どこの不用心な被害者が、待ち伏せされている試着室に、のこのこ這入るというのだ。身を隠す場所なんてなく、待ち伏せしている姿は丸見えになるというのに。

「天井が空いているタイプの試着室だったら、隣の試着室から、壁を乗り越えて侵入したとか、あるいは脱出したとか、そういうケースもあるかもしれませんが……」

そんな余計に目立ってしまいそうな行為を犯人が取るとは思えないけれども——いずれにしても、『ナースホルン』の試着室には、天井がある。そう複雑な作りでもないだろうから、その気になれば工具一つで分解できる構造なのだろうけれど、そこまでして出入りするよりは、むしろ普通にカーテンから出入りしたほうが、人の目は引きづらいだろう。

常識的に考えれば、犯人はうまく、人がいないタイミングを見計らって、試着室の中に這入り、そして出て行ったのだと考えるべきだ。

「そうですね——カメラの死角という意味では、まさかフィッティングルームにレンズを向けるわけにはいきませんからね。試着室の内部はもちろん、その周辺には天井カメラはありませんでした」

つまり人間の目撃証言に頼るしかないエリアである——そういう意味では、侵入はまだ、可能かもしれない。

誰にも見られていないのを確認してから、試着室内に這入ればいい——まあ、それにしたって、やっぱり場所がフィッティングルームである以上、中では被害者が着替えているわけだから、ハンガーで殴る以前に、カーテンを開けた時点で、悲鳴をあげられるという問題を棚上《たなあ》げにする必要はあるけれども、『目撃されない』という一点に限れば、侵入だけなら可能かもしれない。

だが、侵入は可能でも、脱出はどうか？

ちょろい作りとは言え、密室は密室である。

カーテンを開けるまでは、外の様子はわからない——外から、中で着替えている姿が見えない設計になっているのだから、そりゃあ同様に、中から外は窺えない。

つまり、外部に人の目があるかどうか、カーテンの内側からでは判断のしようがないのだ

――フィッティングルームから、目撃されずに出られるタイミングが訪れない。そうこうしているうちに、長い着替えを不審に感じた店員がカーテンを開けることになる――

「考えなく、一《いち》か八《ばち》かで出て行ったら、たまたま誰にも見られなかった――というのが、現実的な解釈《かいしゃく》でしょうねえ」

今日子さんが本当に現実的な解釈を述《の》べた。

探偵としての役割を負っていないにしても、そりゃあないだろうというような現実味である。ただ、確かに世の中には、そういった運のいい犯罪者がいることも、事実である。

案外、完全犯罪とはそういう風に成立するものなのかもしれない――変に計画性を持って、あれこれ知恵を弄するから、その分痕跡が残り、捜査や推理がしやすくなってしまう。

思考を追いやすくなって、物語を作りやすくなる――こんな風に、一見無茶苦茶で、違和感が残るような犯行をおこなうほうが、捜査の手は届かなくなるものなのかもしれない。

「人の目による密室には、隙間《すきま》も多いでしょうからね。死角をうまく縫《ぬ》うように動けば、誰にも見られずに犯行をおこない、逃走することは可能かもしれません」

「でも今日子さん。逃走したのなら、とりあえず、入り口の監視カメラに映っていますよね？特定は難しいかもしれませんが、十一時以降、店から出ていった人物ということであれば、それなりに限られるかも……」

「どうでしょう。この場合、試着室からの逃走に成功した犯人は、店の外まで逃げなくともいいかもしれません。お客さんの中に紛れてしまったほうが、案外安全かも……、あるいは、犯人がショップの従業員だった場合は、仕事中ゆえ、出て行くことはできないでしょうね」

そこまで仕事熱心な従業員がいるとも思えないが……、考えなしで人を殺してしまった、という犯人像からイメージするなら、カメラなんて気にせず、動揺して逃げてしまいそうである。ただ、考えなく、うっかりその場にとどまってしまう選択も、絶対にしないとは言い切れないだろう。とかく、人間、わけがわからなくなっているときには、わけがわからないことをしがちだ。

「一応、全員の証言を容《い》れても、矛盾は生じないようですね。ストーリーとしては多少の無理があるかもしれませんが、論理的に不可能なことは起こっていません」

今日子さんがまとめるようにそう言った。

まあ、それは、あらかじめわかっていたことでもある——わかりやすい矛盾や、明らかな間違いがあれば、そもそもこんなには悩んでいない。無理矢理になら説明がついてしまう感じが、なんだか気持ち悪いのだ。

「強《し》いて言えば、それなりの人数の目と、天井カメラの監視を、犯人がかいくぐっていることが不自然です……が、どちらにも死角がある以上、たまたますり抜けることは、ありうるでしょう」

「……つまり、今日子さんの推理では、犯人は特にその点で、トリックを弄してはいないと?」

トリックというのも、警察官が使うにはいささか軽薄な言葉だったが、それはもう恥じずに、遠浅警部は訊いた。ただ、返ってきたのは、

「いえいえ、ですから私は推理はしません」

という、頑《かたく》なまでに拍子抜けな答だった。

「あくまで一般論です——あえて考えないように、思考を停止させています。変に考えちゃったら、口出ししたくなっちゃいますからね。通訳担当が、勝手に自分の解釈で訳し始めちゃったら、ディスコミュニケーションになってしまうでしょう?」

お説ごもっともである。

ただまあ、遠浅警部は洋画を見る際、翻訳家の技術というか、独自のニュアンスを楽しむタイプなので、そこは直訳ではない、今日子さんのニュアンスを聞かせてもらっても一向に構わないのだが……。

「そんな一円の得にもならない真似《まね》……、もとい、人様のお仕事を妨害するような真似は、社会人としてとてもできません」

「…………」

「ところで、各論に入ってみますと、被害者の屋根井さん——常連客とは言っても、あまり評判のいいお客様ではなかったようですね」

誤魔化すように言った今日子さんだったが、その点には同意だった——彼女を知る『ナースホルン』の従業員は、さすがにおおっぴらに馴染みの客、それも故人の悪口を言うようなことはしなかったけれども、それこそ言葉を選んだそのニュアンスは、今日子さんに通訳されるまでもなく、遠浅警部にも伝わった。

常連客ではあっても、上得意ではなかった。

「しつこく値切ったり、商品に文句を言ったり、無茶な返品をしようとしたり……、まあ、お客様も人間ですからねえ」

そこは事務所を経営する者として共感するところもあるのか、しみじみと今日子さんは言った。置手紙探偵事務所に、署長がしている無茶な依頼を思えば、組織の一員として頭を下げるしかない――もっとも、忘却探偵はそれをいちいち覚えてはいないだろうが、しかしそれでも、実感は残っているのかもしれない。一日ごとに記憶はリセットされても、体験として、どこかに残されているのかも――ありそうな話だ。

遠浅警部にしたところで、公僕と揶揄《やゆ》される身の上だから、わからなくもない――『お客様は神様』だとでも思っていなければやっていられない気持ちというのは。

今日子さんは、

「もっとも、多少目に余ると言うだけで、それでどうしても殺されなくてはならないほど、酷《ひど》いお客様だったわけではなかったようですが……、どうしても殺されなくてはならない理由なんてものが、もしもあるとして」

と、ペンを走らせながら言う。

タイムテーブルの空いている場所に、被害者の人となりの情報を書き込んでいるわけだが、もうだいぶん、腕という名のホワイトボードは、埋まりつつある。

「殺されなくてはならない理由、ですか」

いわゆる動機、ということになるのだろうが、人間は、およそ考えられないほど些細《ささい》な理由で殺されたりもするから、この場であまりそこを深く掘り下げても、意味はないかもしれない。

悪人だからという理由で殺されることもあれば、善人だからという理由で殺されることもある——一概には言えない。一概には言えないという理由で殺される者とて、いるはいるだろう。

それに、たった数時間、限られた人数から話を聞いただけで、人格や人柄を判断されてしまえば、被害者の屋根井刺子もたまるまい。

もちろん、家庭や職場での人間関係も、今頃、部下達が当たっているだろう——そう思うと、今日子さんと小粋《こいき》なディナーを洒落込んでいる自分が、不真面目な仕事ぶりをしているようで、後ろめたくもある。あくまでも仕事の一環として、この会談からもちゃんと成果をあげなくてはならないと、再認識する。

「動機なき殺人、ということもあるかもしれませんし、殺すつもりはなかったけれど、結果死んでしまったということもあるでしょうね」

と、今日子さんは更に可能性を列挙する。

「ですね……、あるいは、人違いで殺されたとか」

とりあえずそれに乗っかって、遠浅警部も、それはないだろうなと思うような仮説を出してみる——今日子さんは、「人違い、ですか」と、反応を示す。

「誰かと間違えて殺された――なるほど、あるかもしれませんね」

「あ、あるかもしれませんか？　人を殺そうと言うときに、相手を間違えるようなことが」

「大いにありうるでしょう。証言によると、被害者は大きめのファッショングラスをかけていたそうですし――焦《あせ》ったテンションで見れば、顔認証が難しかったかもしれません」

と、今日子さんは自分の眼鏡に触れる。

「人を殺そうというときは、誰だって緊張するでしょうからねえ。人生がかかっているときには、案外、とんでもない間違いをしでかしてしまうものです」

殺人犯に感情移入するようなことを言う。それは、警察官である遠浅警部には難しいことだった――民間の探偵の独壇場《どくだんじょう》とも言える。

ただ、失敗の許されないときに、冷静で、理知的であることは、やっぱり難しいだろう――人違いで殺されるほうはたまったものじゃないだろうが。

「でも、今日子さん。どんな動機があったとしても、やっぱり、白昼の店内で、殺そうとは思わないでしょう」

話が堂々巡《めぐ》りになってしまうけれど、やはりそこがネックである――夜道で一人歩いているところに一撃を加えられた、という場当たり的犯行ならわかりやすいのだが。

「特に、もしも困った常連客であるがゆえに殺された――つまり、店の従業員が犯人だったと仮定するなら、その違和感は大きくなります。自分の職場で、自分のテリトリーで、人を殺そうなんて、ちょっとでも考えることができれば、普通は思わないでしょう」

疑ってくれと言っているようなものだ。

そこを差し引いても、もっとシンプルな損得の問題として、ブランドイメージが大切なアパレルショップで人が殺されたというのは、客足が遠のく原因になりかねない。あの店のフィッティングルームではハンガーで殴り殺された人がいるらしい、なんて噂が立てば（まあ、立つだろう）、最悪、閉店に追い込まれるまである。

そうでなくとも、自分のテリトリーが殺人現場になるというのは、単純に気分が悪いだろう。

百害あって一利なしだ。

もしも、自分のテリトリーで殺人を犯すメリットがあるとすれば――強引にでもそれを考えるとすれば――、慣れた場所だから、大仕事に挑むにあたって、緊張が多少なりとも緩和《かんわ》されるということか。

ただ、遠浅警部の感覚としては、やっぱりそれよりは、衝動的に、何の考えもなく――損得も、メリットデメリットも考慮することなしに、加害者は被害者を殴ってしまったのだとするほうが、納得しやすい。

「慣れた場所で犯罪を犯すメリットが、他にもあるとするなら」

と、今日子さんはキャップをはめたペンをこちらに差し出した――もう書けるだけの情報は書き出したということのようだ。確かに、今日聞けた話は、だいたい、復習できた――遠浅警部はペンを受け取り、胸ポケットに戻す。

「事前の準備が入念にできる、ということでしょうか。トリックを仕掛けたり、根回しをしたり――被害者を殺すための、罠《わな》を張ることができる」

「トリック、ですか……密室トリック……」

ただ、この殺人事件に関して、そんな大がかりな仕掛けがあったとは考えにくいのだ。

やはり多過ぎる目撃者がネックになる。

そんな大きな動きがあれば、絶対に誰かに見られるはずなのだ――人の目と天井カメラ、そのすべてを回避することは、事実上不可能なはずである。たまたま済ますには違和感があるし、計画的にやるのは無理がある――

星の王子様いわく、『大切なものは目には見えない』――けれど、『目に見えるものだって同じくらい大切』と、今日子さんは言った。それにならって『大切なものの第三法則』を作るなら、『大切じゃないものでも、目に見えないことはある』と言ったところか？　卑劣《ひれつ》な犯罪者の姿は、是非《ぜひ》、誰かに目撃して欲しかったのだが――

「大切じゃないものでも、目に見えないことはある、ですか――至言《しげん》ですねえ。確かに、人は肝心なときに肝心なものを見落としがちです」

変なところに感心する今日子さん。

「そう言えば、星の王子様の冒頭でも、密室が登場していましたね。箱の中に這入った羊――」

「ああ……そう言えば」

そう言えば、と言うほど、遠浅警部も納得して頷いたわけでもない。と言うか、あれを密室と解釈するというのは、ミステリー脳が行き着くところまで行き着いている。

「箱の中の羊、なんて、まるでシュレディンガーの猫ですけれどね」

ちょっと引いたことがバレないように、適当に話を合わせてみる遠浅警部――シュレディンガーの猫ならば、少なくとも星の王子様よりは、ミステリーと親和性の高い用語である。

「あはは。箱の中で羊が死んでいたりしたら、王子様、泣いちゃいますよ――あっ！」

と。

今日子さんは、たわいのない雑談に快く笑ってくれたかと思ったら、『あっ！』と声をあげ、口元を押さえて、手にしかけていた食後のエスプレッソのデミタスを取り落とし、明らかに、『何かに気付いた人』のリアクションを取った。

「ど、どうされました？　今日子さん」

「なんでもありません」

「なんでもあるリアクションだったじゃないですか」

「なんでもありませんってば」

言いながら、エスプレッソを改めて飲む今日子さん――エスプレッソのダブルをブラックで飲む人を初めて見たが、それはともかく。

「あの……、今日子さん。もし、何か気付いたことがあるのでしたら」

「何も気付いていません。何一つ思いついていませんし、何も推理していません。事件の謎は解けていませんし、疑問も違和感も、まったく払拭できていません」

きっぱりと言い切った。

きっぱりと言い切り過ぎていて、ひとつも信用できない――なんでそんな堂々と嘘をつくことができるのか、不思議なくらいだ。

「な、謎が解けたんですか？」

「解けてませんってば。あー、何もわからないなー。さ、そろそろ時間も時間ですし、帰りましょうか。今日はごちそうさまでした、とてもおいしかったです。遠浅警部の今後の活躍をお祈りしております」

お手拭《てふ》きでごしごしとこすって、せっかく書いたタイムテーブルを綺麗さっぱり消してから、まくっていた袖をおろして、早々と、と言うか、露骨に、切り上げようとする今日子さん――さすがに帰すわけにはいかない。

どうやら、通訳に徹《てっ》するつもりだったはずの彼女は、遠浅警部の何気ない発言が呼び水となって、うっかり推理をしてしまったらしい――まさしく、推理小説における、探偵と警部の理想的な関係だったが、職業探偵であり、プロ意識の高い今日子さんとしては、まったく不本意な展開らしい。

ただ、彼女がことの真相に気付いたというのであれば、遠浅警部の立場では、それを聞き出さないわけにはいかない。

推理合戦をしているわけではないのだ。

そこまで本分を見失ってはいない。

今日子さんが真相に気付いたというのなら、一刻も早く教えてもらい、適切な対応をとるべきだ——密室の謎とか、事件の不可解とか、推理小説の用語がどれだけ跋扈《ばっこ》しようとも、『殺人犯が野放し』という現実の前には、そんな言葉は無力である。

「うーん、困りました。私としたことが」

今日子さんは腕組みをして、本当に悩ましい表情を見せる。

「お役に立てないのが残念です。今回はあくまで、通訳としてしか依頼を受けていないので、たとえ真相に気付いても、推理を披露するわけにはいかないんですよ」

申し訳なさそうに言うけれども、しかしそれは、自動販売機はお金を入れなければ動きませんよと無機質に説明しているようなものだった——なんて頑固なのだろう。

いや、プロ意識として、尊敬すべきか。

ならばそもそもは、援軍として派遣されてきた今日子さんを、追い返そうとした遠浅警部だ、ここは、あくまでも自力での解決にこだわって、探偵を見送るという選択肢もあったかもしれない——この展開が不本意なのは、彼にしても同じだ。

だから、相手が今日子さんでなければ、ここは見送っていたかもしれない——だが。

「ど、どうです、このあと、二軒目に。落ち着いて話せるバーがあるんです」

落ち着いて話せるバーがあるかどうかなんて知らないが（またぞろ部下に借りを作ることになるだろう）、遠浅警部はそう申し出た。こんな積極的に女性を誘ったことなど、かつてない。

「うーん、私としては、このあと報酬を受け取って、早くおうちに帰ってベッドに這入って、思いついちゃった推理をぱっと忘れたいんですけれど」

思いついちゃった推理をぱっと忘れられてたまるか。

しかし、そうだ、忘却探偵はそれができるのだ。

辿《たど》り着いた推理や、犯人像をリセットして、なかったことにできる——明日の朝になれば、全部忘れてしまう。今夜中に聞き出さなければ、彼女の閃《ひらめ》きは烏有《うゆう》に帰《き》すのである。

「でも、強引に誘われると弱いですね。わかりました、ご一緒します。ただし——ヒントをいくつか出しますので、できればそれで、ご自身でも推理なさってください」

「ヒント……ですか？」

「はい。皆さんの話を聞いていれば、それでわかる範囲のヒントです——ヒントその1。十一時頃に来店なさった被害者の屋根井さんは、確かに多数、目撃されておりましたが、しかし証言を整理してみると、目撃者はお客様ばかりでした。これはなぜでしょう？　ヒントその2。フィッティングルームから出てこない屋根井さんを不審に思った店員さんがカーテンを開けることで、事件は発覚しました——でも、どうしてその店員さんは、屋根井さんがフィッティングルームから出てきていないと判断したのでしょう？　ヒントその3。フィッティングルーム内は密室で、外から中を窺い知ることはできません——しかし、中から外を窺い知ることができないというのは、果たして確かなことでしょうか？」

「ん……」

まくしたてるように言われたので、遠浅警部は三つのヒントを、しっかりとは捉え損なった――慌てて指折り、確認する。

ヒント1。

目撃証言の奇妙な偏《かたよ》り――屋根井刺子を目撃していたのは、買い物客ばかりだった。

ヒント2。

第一発見者は、どうしてフィッティングルーム内の異常に気付いたのか。

ヒント3。

フィッティングルームから外が見えないというのは、本当か？

ヒント1については、言われるまで気付かなかったけれども、思い出してみれば、その通りだったように思う――事情聴取をした全員の目撃証言をリストにしてみないと絶対とまでは言えないけれども、通訳を務めた探偵が言うのだから、まあ、そうなのだろう。

しかし、ヒント2とヒント3については、既に考察したように思う――従業員が事件に気付いたのは、試着室に這入った屋根井刺子が、いつまでたっても出てこなかったから。そして、外から見えないのだから、中から見えないのは当然では？　――それだけのことのはずだ。

事件の謎どころか、ヒントの意味のほうがわからなかった遠浅警部は、続く四つ目のヒントを期待したけれども、そこで終わりだったようで、「では、参りましょう」と、席を立つ今日子さん。

「それらのヒントを基に、遠浅警部も考えてみてください——できれば、二軒目に到着するまでに答を出していただいて、お店ではミステリー談義でもしながら、楽しく飲ませていただければと思います」

笑顔でそんなことを言われたけれども、残念ながら、その期待にはまったく応《こた》えられそうもなかった。

5

お洒落なバーは、値段もお洒落だった。

なにやら誤解した部下が、迷惑な気の利《き》かせかたをしてくれたらしい——先程のイタリアンレストランの会計も、目を剝《む》くような値段だったが、このバーは、バーなのに、ディナーよりも高くつきそうだった。

たぶん、経費では落ちないだろう。

どうやら、とんでもない自腹を切ることになりそうである——先刻以上に場違いな店だったが、しかし、もうそんなことは気にならなかった。

今日子さんの『ナースホルン』の統一されたコーディネートも、この店の洒脱な雰囲気に合っているとは言えなかったが、彼女はそんなことを元より気にした様子はない。

「わあ、可愛《かわい》らしいお店」

と、普通に女子っぽくテンションを上げていた。

この探偵は、それこそ可愛らしいだけで、ただの悪魔なんじゃないかとおののく――何度も忘却探偵の世話になっているという、出世していった同僚を、正直、苦々《にがにが》しく、そんなつもりはなくとも、どこか軽蔑《けいべつ》の眼差《まなざ》しで見てしまっていたけれども、その浅い考えかたは、どうやら改めなければならないようだ。

彼らがいったい、忘却探偵との交際費に、どれほどの出費を強いられていたかと思うと、かわいそうにさえなってくる――まあ、どちらにしても、今となっては遠浅警部も、同じ穴の狢《むじな》である。

この店までの道中で、なんとか自分も閃きを得られないものかとうんうん頭を捻《ひね》ってみたが、まったくぴんと来なかった――わかってはいたことだが、今日子さんと自分とは、思考のフォームが全然違うらしい。

ヒントがまったく参考にならなかった。

いや、一応、ヒント1についてだけは、今日子さんが暗に何を示そうとしたのかはわかった――被害者を目撃したのが買い物客ばかりだったというのは、裏を返せば、『ナースホルン』の従業員は、来店した彼女の姿を見ていないという意味である。

これは明らかにおかしい。

もちろん、そういうこともあるだろうが――しかし普通に考えて、来客に注目するのは、同じ来客ではなく、店員のはずである。『いらっしゃいませ』と声かけをしたり、衣料販売店なのだから、近付いて服を勧めたりと、そういうコミュニケーションが起こり得るのでは。

まあ、被害者の屋根井刺子は『困ったお客様』なのだから、店員が近寄りがたくて避けていた、もっと露骨に言えば、無視をしていたというのはあるかもしれないけれど……、しかし、それならそれで、無視する前に、一度は姿をとらえているはずだ。無視しようと思えば、逆説的に、まずその対象を目撃しなければならないのだから。

常連客であり、ある意味で印象深い買い物客である被害者を、それなのに従業員達が見ていないのはなぜか——その点には確かに、疑問符がつく。

ただ、その疑問符が何を意味するのかまでは、遠浅警部にはわからなかった。

まして、ヒントその2、ヒントその3については、もうほとんどお手上げだった。若い女性向けのアパレルショップにあるフィッティングルームには、中年男性には未知の仕掛けがあるのだ、くらいの解答しか思いつかない。

実際、今日子さんに翻訳してもらうまで、知らない用語はたくさんあったわけだし——たとえば、化粧を服につけないための、謎の紙の存在など、この事件を担当しなければ、一生知らないままだっただろう。

「今日子さん。参りました、お手上げです。私は引き立て役の警部でした。是非、名探偵のご高説を仰がせてください」

慣れない値段のアルコールで悪酔いしたのか、結局、遠浅警部はそんな卑屈《ひくつ》な降参宣言を出した——今日子さんは呆《あき》れたように、

「あらら」

と言う。

「もうちょっと粘《ねば》ってくださいよ。私、頑張っている男性を見ながらお酒をいただくのが大好きなんですから」

魔性過ぎる。

「弱りましたね。ご飯も食べさせていただいて、お酒も飲ませていただいて、遠浅警部のお力になりたいのは山々なのですけれど、お金をもらっていないのに働くわけにはいきませんし……ああ、もう、なんで私はお金をもらってないんでしょう。お金をもらってなくて、ここまで悔しいことはありません。本当、お金さえもらっていれば！　私はこんなにも警察のお役に立ちたいのに、それが叶わないだなんて」

「わかりました、払います。払わせてください、正式な依頼料を。通訳の代金に、追加のオプションで。これは私からの個人的な依頼です」

最速の探偵からの催促に、遠浅警部はとうとう折れる——署長は最初から、こうなることがわかっていたのではないかと、そう勘繰りたくもなった。

ただ、署長の思惑がどうであれ、もう乗るしかない。

探偵に対する警部の対抗心が、人殺しを野放しにしている危機感を上回るようなことがあってはならないのだ。

密室殺人事件はエンターテインメントではないのだから。

ご飯を食べさせて、お酒も飲ませて、この上依頼料まで支払うとなると、一年近く切り詰めなければならないような総出費となるけれども、こうなると、それを経費にせず、自腹で払うことが、遠浅警部にできる最後の抵抗だった。

ただ、正式な依頼を申し込んだというのに——ひいては、通訳の仕事に、追加で入る報酬が決定したというのに、今日子さんの反応はあまり芳《かんば》しくなかった。

店の雰囲気が雰囲気だし、そりゃあ飛び跳ねて喜んだりはしないだろうが、しかし、遠浅警部からの依頼を受けて、まだどこか困っている風でもある。

「んー……」

などと、考え込むように目を閉じる。

まさか、それは遠浅警部の読み違いで、彼女は依頼を催促していたわけではなかったのだろうか？　遠浅警部の推理に期待しているという言葉は、嘘偽りのないものだったのだろうか？

自分の心を守るために、卑屈に冗談めかして依頼したけれども、もっとちゃんと、居住まいを正して、頭《こうべ》を垂《た》れて頼むべきだっただろうか——と思ったが、そんな遠浅警部の心中を察したらしい今日子さんが、

「ああ、いえ、そういうことではないです」

と手を振った。

「私の推理はただの閃きですからね。たまたま、遠浅警部よりも私のほうが、先に閃いたというだけのことです——ご依頼をいただけたことで、警察に貢献できることを嬉しく思う気

持ちは本当です。でも、ちょっと悩んでしまうと言うか、推理の開示にやや消極的になってしまうのは、個人的な事情によるものでして……、でも、仕方ありませんか。人殺しを野放しにするわけにも行きませんし」

お仕事ですし。

と、今日子さんは言った。

言葉にしなくとも、遠浅警部の意を汲《く》んでくれたかのような言いかたには、感じ入るところがあったが――個人的な事情、というのが気になった。

他ならぬ探偵に推理の開示をためらわせる事情とは、いったいなんだろう――ぱっと思いつくのは、知り合いが犯人とか、そういうことになりそうだが、しかし忘却探偵の彼女には、『知り合い』なんて概念はないはずだ。

知り合った端《はし》から忘れていくのだから。

仮に、今日、事情聴取をした相手の中に、かつて今日子さんと関わりをもった人間がいたとしても、今日子さんはその人間のことを忘れている――犯人を指摘するのに、躊躇《ちゅうちょ》する理由はないはずだ。しかし、だとしたら、他にどんな『個人的な事柄』が……？

「では、やると決めたら最速です。夜も更《ふ》けて、お酒が入って、ちょっと眠くなってもいますので、閃いた推理を忘れてしまわないうちに、謎解きを始めさせていただきますね」

探偵モードに入った掟上今日子は、それまでとは打って変わった真剣な表情で語り始める――ことはなく、それまで通りのほんわかした、特に変化の兆しのないゆるめの雰囲気で、

「まずは、密室についてですが」と、切り出したのだった。

6

「まずは、密室についてですが――この事件における密室が、どのような密室なのかを、分類してみましょう。遠浅警部も推理小説を読んでいるのなら、色んな密室講義を受けてきているとは思いますが、暫定的《ざんていてき》に、今日の私の解釈と言うことで、ご清聴ください」

そう言って今日子さんは、再び腕まくりをした――またも、自分の腕周りをホワイトボードとして使うつもりらしい。無言で遠浅警部が差し出したボールペンを受け取って、板書《ばんしょ》を始める――まさしく講義のようである。

「まずは、もっとも現実的な……、換言すれば、もっともポピュラーなタイプの密室としては、①『事件を隠蔽《いんぺい》するための密室』。誰にも這入れない、出入り不可能な密室の中に、死体を閉じ込めてしまえば、まず事件が発覚しませんからね――身の安全が計れます。パターン違いとしては、とにかく、殺人を犯してしまったという現実から逃避《とうひ》したくて、死体を自分から見えないように、そして自分の手の届かないように隠そうとした結果の密室、というのもありますね」

異論はない。

と言うより、遠浅警部は最初は、今回の事件もまた、その『もっともポピュラーな密室』だと思っていた――だが。

「ええ。フィッティングルームの密室では、あまり隠蔽工作としての意味はないでしょう。隠せて、せいぜい数時間と言ったところ——隠蔽工作のために作られた密室とは言えませんね」

言って今日子さんは、手首のあたりに細かい文字で書いた①『事件を隠蔽するための密室』という文言に、取り消し二重線を引く——そして続けてその下に、②と書いた。

「②『たまたま成立した密室』。犯人が意図したわけではなく、偶然の要素が重なることによって、事件現場が密室『みたい』に、見えてしまったというケースです」

計画性のないパターンか。

たまたま成立と聞くと、確率は低そうに思えるけれど、二番目に現実に即《そく》していると言われれば、その通りである——土台、推理小説ならぬ現実世界では、わざわざ密室を作ろうなんて、余裕のある犯罪者はそういない。

これまでのディスカッションでは、今回はこの定義②の密室だと考えるほかなさそうだったが——

「ええ。ですが、今回の場合は、偶然にしてはいくらなんでも出来過ぎていると思ってしまうのも事実です。なので、とりあえず保留ということにして、次に進みます」

今日子さんは②『たまたま成立した密室』の下に③と書く——残りの空きスペースから考えるに、定義は⑤か⑥くらいまであるようだ。

「定義③『自殺に見せかけるための密室』。現実味を排除した推理小説の世界では、もっともポピュラーな密室と言っていいでしょう」

「ええ、そうですね。他の選択肢を排除することによって、自殺以外に考えられないようにする……、そのための密室というのは、ミステリーの世界では、枚挙《まいきょ》に暇《いとま》がありません」

と言うより、推理小説の中で、密室というキーワードが生き残るために考えられた、ひとつの方策とも言える。

密室の必然性、みたいなものがそれなりに生じるというか……、荒唐無稽な密室にも、これなら一応の説得力が生まれる。

「ただ、今日子さん。現実にそんな手間をかける犯人がいるかどうかはともかくとして、今回の事件には、当てはまりませんよね。犯人が、屋根井さんを自殺に見せかけようとしたとは思えません」

「はい。……ちなみに、この定義③のパターン違いとしては、被害者が本当に自殺だったという密室も考えられます。どうしてもミステリーファンは事件を斜《なな》めに見てしまいますが、普通に考えれば、密室の中で人が自殺っぽく死んでいたら、それは自殺です」

そんなことを言いながら、定義③にも、今日子さんは取り消し二重線を引く——遠浅警部が心配するようなことではないが、この人は、お肌のケアとかは、考えないのだろうか？

「定義④『密室のための密室』」

「え？　なんですか、それは？　……哲学的な話ですか？」

「哲学からは程遠いです——密室を作ってみたかったから密室を作ったという、愉快犯的な犯行です。必然性や、確たる理由はなく、ただ密室トリックを思いついてしまったから、それを使ったと言うだけで——これは推理小説の読み過ぎ、その結果の密室とも言えます」

私達も気をつけましょう、と今日子さんは言った——どこまで本気で言っているのかわからないけれども、実際に推理小説の読み過ぎで警察官になった遠浅警部からすれば、そんな奴はいないと切り捨てるのは難しい。

さっき、『そうはいない』と思った、わざわざ密室を作ろうとする余裕のある犯人——いや、殺人を犯すときには密室を作らねばならないと、強迫観念的に思い込んでいる犯人像だってイメージできる。

あるいは、ただなんとなく、『証拠が残らないように手袋をする』とか『アリバイを作る』とか、そんな犯罪者のテンプレートと一緒くたに、『密室を作る』という工程を容《い》れている犯人なのかもしれない。

「これも……保留ですかね、今日子さん」

「どうでしょう、排除してしまって構わないと思います。『密室のための密室』というには、やはり、フィッティングルームの密室は、脆弱《ぜいじゃく》過ぎます。推理小説読みである遠浅警部や、探偵である私でなければ、あれを密室だと思わなかったかくらいの代物じゃないですか」

確かに、遠浅警部の部下達に、この事件についてそんな印象を持っているものはいなかったようだ。たぶん、相談していれば、考え過ぎだと言われただろう。

「逆に言えば、手がかりはそのあたりにあって……、犯人にとっては、どうしても他の場所ではなく、フィッティングルームを密室にしなければならなかったということになります」

「ふうむ……」

わかったような、わからないような話だ。

ともかく、今日子さんは定義④にも、取り消し二重線を引いた。

「では、定義⑤は？　定義④の時点で、もう相当に少数派だと思いますが……」

円グラフで描いたとき、定義①が80パーセント、定義②が10パーセントだとしたら、定義③が5パーセント……、定義④で、せいぜい、3パーセントと言ったところだろう。

残り2パーセント以下の密室なんて、誤差の範囲内ではなかろうか——5パーセント以下の確率は、紛《まぎ》れとして片づけていいと、聞いたことがある。

「そうですね。でも、推理小説ファンとしては、もっとももときめくのがこの定義⑤でもあります……」

そんなもったいつけるようなことを言ってから、今日子さんは、

「定義⑤『不可能犯罪の密室』」

と言った。

「密室という、誰にも犯行が不可能な状況を作り出すことによって、犯人どころか容疑者の特定さえ難しくし、事件そのものの迷宮入りをもくろむ……、いい悪いは抜きにして、犯人としての志は、もっとも高い密室だと言えます」

「……定義③の、『自殺に見せかける』というのとは、違うんですか」

「違いますね。定義⑤の密室は、そんな風に現実的に解釈されることを、強く拒んでいるとさえ言えます――誰にも不可能なのだから、自分にも不可能だと見せかけようとしている。そこにはある種の切実ささえあります――この五つの定義に、どうしても生じてしまう例外の定義⑥『その他の密室』を加えて、六つです」

遠浅警部は改めて、ホワイトボード――今日子さんの腕を見る。二重線で消された定義がわかりにくいが、読めないほどではない。

定義①『事件を隠蔽するための密室』
定義②『たまたま成立した密室』
定義③『自殺に見せかけるための密室』
定義④『密室のための密室』
定義⑤『不可能犯罪の密室』
定義⑥『その他の密室』

……まあ、推理小説を読んでいる者にとっては納得しやすいと言うか、特に奇矯で目新しいことを言ったわけではないけれど、改めて密室の種類を、ずいぶんとわかりやすくまとめてくれたように思う。現実的にポピュラーな順に定義してくれたのが、特にわかりやすい。

ただ、ここで話が終わってしまえば、ただのミステリー談義である――問題はこの密室の定義が、今回の事件にどのように噛《か》んでくるか、だ。

「定義①と定義③、定義④を排除したということは、今回の密室は、定義②か定義⑤、それに定義⑥の密室ということになるんですね」

「定義⑥も実質、考えなくていいと思います。『その他の密室』は、ぱっと見てそれとわかるくらいに例外的な密室を意味します——異世界の密室と言ってもいいような密室です。今回の密室には、よくも悪くも、そこまでの意外さはありません」

異世界の密室とは、どんな密室なのだろう。想像するしかないが、魔法や呪文《じゅもん》のような、ファンタジーが絡《から》んだ密室ということなのか？　だとすれば、そんな密室には円グラフのうち、1パーセントの割合も与えることはできないが……ただし、一種のファンタジーとも言える推理小説の世界では、存在しうる密室なのかもしれない。

アンフェアの誹《そし》りはまぬがれまいが……。

「ということは、定義②か定義⑤の、どちらかですね」

「犯人はたまたま、誰にも目撃されなかったと推理するなら、定義②の密室です——しかし、その推理はこれ以上の掘り下げようがありませんし、そして先程申しました通り、偶然にしては出来過ぎです」

「でも、定義⑤は『不可能犯罪』ですよ？　出来過ぎどころか、出来なくなる——」

もしも計画的に密室を作ったとするなら、犯人は、従業員の目も、買い物客の目も、天井カメラの監視も、意図的、計画的にかいくぐったと言うことになる——まさしく不可能犯罪だ。

そんなことは誰にもできないと、断言せざるを得ない。

「そう考えることが、犯人の思惑通りなのだとしたら？　……逆に言えば、そこまで策を弄した計画的犯行を、『偶然』の一言で片づけられてしまえば、犯人としては非常に不本意かもしれませんね」

なので推理してさしあげましょう。

と、犯人側からすれば非常に大きなお世話でしかないようなことを、今日子さんは言った。

犯人にしてみれば、別に密室の定義を考えながら犯行に及んだわけでもあるまいし、定義②だろうが定義⑤だろうが、犯行が露見しなければそれが一番いいに違いなかろうに。

「ところで遠浅警部。先程出した三つのヒントは、どこまで解釈されましたか？　もしも説明が不要な箇所があれば、ざっくり省略させていただこうと思いますが」

「あ、いえ、皆目《かいもく》――せいぜい、ヒントその1の意味が、半分くらいわかった程度で……。あれはつまり、常連客である被害者を、従業員がまったく目撃していないのはおかしい、という意味合いですよね？」

「はい、正解です。素晴らしい」

そんな風に誉められても、素直に喜べない――疑問ではあるが、では、それがなぜなのかと言われれば、さっぱりわからないのだ。

「ご謙遜なさらず。そこまでわかれば、もう答がでているようなものですよ――従業員が誰一人、常連客である屋根井さんを目撃していないというのは、つまり、屋根井さんを屋根井さんだと特定できる人は、誰も彼女を見ていないというのと同義です。屋根井さんをよく知らない人だけが、彼女を目撃している——」

ん？

少し、論理の飛躍《ひやく》があったように思えるが、しかし遠浅警部が口を挟む前に、今日子さんは、更に、

「——つまり、彼女を彼女と認識した上で、目撃した人はいないということになります」

と続けた。

「単に、『ナースホルン』の、派手めの服を着た来客があったというだけで、それが屋根井さんだとは、実は証言からだけでは、立証できていません」

「え……、でも、防犯カメラに——」

映っていたのは——後ろ姿だったか。

大きめのファッショングラスをかけていたというし、カメラの映像からでも、個人を特定するのは、難しいかもしれない。全員の証言から、総合的に判断していたつもりだったが——被害者が十一時に来店したかどうかは、実は、確定していないのか？

「買い物客の証言は、屋根井さんが着ていた服を目安としていましたからね——場所がアパレルショップですから。ご同輩《どうはい》——他の客のファッションに目がいくのは、致しかたないというべきかもしれません」

「ひ……人違いだったということですか？」

そう言えば、そんな仮説を出した。

被害者の屋根井刺子は、人違いで殺されたんじゃないかというような、特に根拠のない仮説だったけれど――まさか、それがまぐれ当たりしていたとでも？

「いえ、『人違い』なのではなく、『違う人』だったのではないかという話でして……、つまり、来店した姿が多数目撃されることで、その時点では、屋根井さんは生きていたことになるでしょう？」

「……なりますね。ん？　じゃあ、本当はその時点では、もう屋根井さんは亡くなっていたと言うんですか？」

「そう考えると、しっくり来ませんか？　試着室に這入って、その中で殺されたと考えるよりは、試着室に這入るずっと前に、被害者は殺されていたと考えるほうが」

「………………」

こんがらがってきたが……。

つまり、目撃されていた、試着室に向かった『屋根井刺子』と、発見された死体の『屋根井刺子』は、別人？　だが、それなら、目撃されたほうの『屋根井刺子』は、その後、どこに行ったのかという話になる。

「それは、場所が試着室ですからね。いくらでも着替えられますよ――この場合、服でしか認識されていないんですから。着替えて、グラスとウィッグを外せば、別人として堂々と出ていけます――この場合、別人ではなく本人ですが」

「え……着替えるだけならまだしも、ウィッグを外す？　いや、それじゃあまるで、変装していたみたい——」

——していたのか。

確かに、たまたま被害者と同じ格好をしていた人物がいたとは考えにくい。もしも目撃された『屋根井刺子』が別人だったなら、意図的に似せようとしていたとしか思えない。

「いや、でも、堂々とは出ていけないでしょう。試着室に這入っていない人物が試着室から出てきたら、誰かがおかしいと思うはずです」

「ああ、それについては最後に説明させてください——正直、そこは遠浅警部の、お知恵を拝借《はいしゃく》したいところでもありまして」

「……？」

どういう意味だろう？　もったいぶっているわけではなく、ただ確信がないだけみたいな物言いだが……。

「先に、どうしてその人物が、屋根井さんの振りをしていたのかと言うことを説明します——私は現場検証をしたわけではありませんし、今のところ、大半は証拠のない、私の勝手な想像なのですが……ゆえに、事実と違うところも多々あるとは思いますけれど、その辺りはあとでごゆっくり、検証してみてください」

ここからは犯人の、今日の行動をシミュレートします。

と今日子さんは言った。

「まず、犯人は屋根井さんを、開店前の『ナースホルン』に呼び出しました——そこで用意していたハンガーで、殺意を持って、屋根井さんの頭部を殴打します」

「ん……、殺意を持って、ですか？」

開店前、というのも、根拠がわからず戸惑う部分だったが、より気にかかったのは、そちらだった——殺意があったのなら、もっとまともな凶器を選ぶだろうというのが、ここまでの定説だったはずだが。

「それを言うなら、殺意を持って殴ったからこそ、およそ人を殺せそうもないハンガーでも、屋根井さんを殺し得たということかもしれませんよ？」

「つまり……、今日子さんが最初に仰っていたように、衝動的な犯行を装うために、あえて珍妙な凶器を選択したということなのでしょうか」

「この推理を採用するのなら、それよりも、被害者を油断させるためという意味合いのほうが、強いと思います。開店前の店舗に呼び出されたら、殺されるとまでは思わなくとも、やっぱり警戒はするでしょうからね。その点、ハンガーなら、店のどこにでもありますから、風景になじみます」

「……開店前の店舗、というのは？」

殺意の有無についてはとりあえず納得したとして、もうひとつの疑問を、遠浅警部は投げかけた。

「それはシンプルに、人目がない時間帯を選んだだけのことです。お客様はもちろん、従業員も出勤前で、店内の天井カメラも電源が作動していない時間帯——」

「…………」

営業時間中は休みなく稼働している天井カメラ――裏を返せば、それ以外の時間は停まっているということになる。

聞けば聞くほど、最初から殺す気満々だ。

遠浅警部が最初にイメージしていた犯人像から、どんどんずれていく――気弱で動揺して、わけがわからなくなった小市民的な犯行どころか、極悪じゃあないか。ただし――

「だとすると、犯人は店舗の関係者ということになりますよね？　開店前の店舗に被害者を招き入れることができるんですから……、でも、自分のテリトリー内で殺人を犯そうと思うような者がいるとは考えにくいという話じゃありませんでしたか？」

衝動的に『やってしまった』のなら、テリトリーなど関係ないだろうが、計画性があったのならば、そんなリスクの高い、デメリットも大きいことはしないはずだ。損得の計算ができない、よっぽどの愚か者でもない限り――

「おそらく、損得をきちんと考慮した結果なのでしょう。つまり、リスクやデメリットを上回る利潤があると、犯人は犯人なりに判断した――テリトリー内の優位性を活《い》かせると」

優位性？　ハイリスクハイリターンということか？　むろん、そんなことを言い出したら、殺人計画を立てている時点で、もう相当損得勘定はできていないわけだが……、それでも、あえて自分のテリトリーで犯行をおこなう理由があるとするなら――

不可能犯罪。

『定義⑤の密室を作りやすいから』ということだろうか。

「……犯人が被害者を、人目も防犯カメラの目もない時間帯に呼び出した、として……、それが開店前だとする理由は、何かあるのですか？　つまり、どうして閉店後ではいけないのか、という意味の質問ですが」

「殺すだけなら、時間帯はあまり関係ありませんけれど、死亡推定時刻の問題がありますから。昨日の夜に殺していたら、いくら発見されたのが今日の正午でも、フィッティングルーム内で殺されたとは思えなくなるでしょう」

「ああ……」

これは、馬鹿なことを訊いた。フィッティングルーム内に這入ったのが十一時頃という目撃証言があって、死体が発見されたのが正午頃だから、当然、死亡推定時刻はその間だと予想されていたが、鑑識の結果だけで見るならば、もう少し幅は広かろう——それでも、幅を持たせて、せいぜい数時間と言ったところのはずだ。

数時間……？　どこかで聞いたような数字だが。

「ん……要するに、犯人は、屋根井さんがフィッティングルームの中で殺されたことにしたかった、ということですね？　つまり、実際に犯行がおこなわれたのは、店内ではあっても、フィッティングルーム内ではない……？」

「そうですね。殺したあと、死体をフィッティングルームに運び込んだという形です——やっぱり、あの狭いスペースの中で、人を殺すなんて無理ですよ。刃物や銃器を使ったならばともかく、ハンガーでなんて……」

そう言われてしまえば、常識的な答である。

理論上は可能なのだから、やってできなくはない——なんて、やっぱり、考えかたとして強引だろう。

白昼堂々、人目の多い店内での凶行ではなく、開店前の、他に誰もいない店内での凶行であるというのも、やはり常識的な推理だ。

だが、それを受け入れると、新たに考えなければならないことが出てくるのも、また事実である——殺した屋根井刺子の死体を、犯人はどうしてフィッティングルームの中に運び込んだ？

「どうしてというのなら、道具立ては色々ありますよ。確かに人間の死体はそれなりの重量がありますけれども、商品を運ぶためのカートには事欠きません」

「あ、いえ、そうではなく……どういう理由で、という質問です」

フィッティングルーム内で死んだことにしたかった、というのが、その理由だということは、なんとなくわかる。ただ、その行動にどういう意味があるのかが、よくわからない。

「では、犯人の行動の、追跡を続けましょう。他の従業員が来る前に、死体をフィッティングルームに運び入れます——そしてカーテンを引く」

「カーテンを引く……？　その時点から、ですか？」

「ええ。これでひとまず、死体を隠せました」

しばらくは死体を隠しておく必要がありますからね、と今日子さんは言った——ファッションの話をしているときと、死体や殺人の話をしているときとのテンションが変わらないので、なんとなく認知的不協和と言うか、居心地の悪い気分にさせられるが、今はそんな気分に、とらわれている場合ではない。

「し、死体を隠す……？　見えないように？　いや、それじゃあまるで、定義①の密室じゃないですか。でも、フィッティングルームの脆弱な密室じゃあ、隠せてせいぜい——」

——数時間。

と、最初から言っていたのだったか。

では、本日のアパレルショップ『ナースホルン』のフィッティングルームには、開店前の時点から、死体が入っていたということになる。

そんなことが可能か？

数時間も持たず、そんな隠蔽では見つかってしまうんじゃないのか？　外からでも簡単に開けられるカーテンである——開店前から、閉まっているカーテンを不審に思い、中を確認しようとする店員がいたらどうするんだ？

「だから、そういうことがないように、店員には他の仕事を与えて、フィッティングルームのエリアに近付かないように、言外《げんがい》に指示を出しておけばいいんですよ……あるいは自分がフィッティングルーム周辺での仕事を担当して、見張っていてもいいかもしれませんね」

「仕事を与える……とか、指示を出す……とか、見張る……とか、つまり、そういうことができる立場の人間が、犯人だということですか？」

「だと思います」

今日子さんは頷いた。そして、

「だから私は困っているんですけれど――」

と続ける。

「？　困っている、とは？」

「失礼、こちらの話です。ともかく、開店前はそれで乗り切れます――ただし、開店後はそうは行きません。お客様の動きは管理できるものでも、予想できるものでもありませんから」

そりゃあそうだ。そして、勘のいい客ならば、動きのないフィッティングルームに、不審を抱く者が出てこないとも限らない――少なくともその不安要素は拭《ぬぐ》えないはずだ。まさかずっと、フィッティングルームを見張って、様子を窺っているわけにもいくまい。

「そうですね。最終的に、フィッティングルームの動きのなさから、被害者の遺体は発見されたわけですし――ただ、そうやって発見されたこと自体は、犯人の計画通りです。要するに、開店時刻の十時から、十一時までの間に、死体が発見されなければいいんですよ」

ここで先程のヒントが活きてきます、と今日子さんは言った。

「ヒントその2――第一発見者の店員さんは、どうしてフィッティングルームの中で、人が死んでいるとわかったのか？　です」

「……いや、それは、動きがなかったから、でしょう？」

「でも、そのかただってまさか、フィッティングルームをずっと監視していたわけじゃあないでしょう。ちょっと目をはなしている隙に、違う人が這入ったのかもしれないじゃないですか。なのに、そのかたはいったい何を根拠に、ずっと人の出入りがないと判断したのでしょう?」

そう問われて、考える。

シュレディンガーの猫でも、箱の中の羊でもないが、見えない密室の中がどうなっているか、知りようはない——誰が這入っているかもわからない。なのにどうして、同じ人物が、中にいる、い続けているとわかるのか——

「……靴、ですね」

答がわかってしまうと、呆気《あっけ》ない。

そうだ、フィッティングルームに這入る前には、靴を脱ぐ——今日子さんも、着替えるときには、そのブーツを脱いでいた。

フィッティングルームの前にそろえられた靴が、ずっと変わっていなければ、そりゃあ同じ人物が中にいると判断するのが当然である。

「そう。逆に言えば、フィッティングルームの前に置かれた靴を、一定時間ごとに取り替えておけば、中の人も入れ替わっていると思いますよね——まして、その中にはずっと死体が鎮座《ちんざ》しているとは思いません」

犯人は、開店からの一時間を、そうやってしのいでいたんです、と今日子さんは断定的に言った。

靴か……、お洒落は足下からと言うけれど、しかし遠浅警部のような人間にしてみれば、確かに盲点《もうてん》である。

「はい。アパレルショップ『ナースホルン』は靴も取り扱っていましたからね——在庫を活用すれば、一時間は持つでしょう。人目を避けて、こそこそと靴を取り替えている犯人の姿を想像すると、あまり格好いいものではありませんけれどね——でも、その行動自体は不自然ではなかったはずです。試着室の前の靴を綺麗に揃えるのは、アパレルショップの人間としては、通常の業務ですから。さておき、そこまでが犯人の計画のフェイズ1です。そこからフェイズ2に入ります——つまり、裏口なりからこっそりと外に出て、どこかで屋根井さんに変装して、お客様の振りをして、店内に這入ってきます」

言うまでもないと思ったのか、今日子さんはそこまでは説明しなかったが、そんな風に勤務中に、自分のタイミングで抜け出せるということは、やはり従業員の中でも、シフトに縛られない、相当上のほうの人間なのだろうと予測できる。

「変装と言っても、ルパン三世みたいなクオリティの高さは必要ありません。あくまで、服の印象だけが残ればいいんです——むしろ、自分の正体がバレないようにすることのほうが重要でしょうね」

「……変装の際に着ている服は、本人のものを脱がせて、自分が着たわけではないんですね?」

「はい。頭の先から足の先まで、全身『ナースホルン』で統一していた被害者ですから——

コレクションラインというわけでもなさそうでしたし、同じ服は、同じでなくとも似たような服は、店内にいくらでもあったでしょう――ただし、靴だけは、被害者本人のものを履いていたはずです」

「靴だけは？」

「ええ。そして正面入口から店内に這入ります――店員達の、死角を縫うようなタイミングで。目撃者がどれだけいようと、その全員があさっての方向を向いていたなら、透明人間みたいなものですからねえ」

「……犯人が店の関係者なら、天井カメラの位置も把握《はあく》しているし、また、これもさっきと一緒で、店員には各個指示を出して、変装した姿を見られないようにした――ということですか？」

だから目撃証言が偏った――否、偏らせた。

屋根井刺子が、その時点ではまだ生きていると、間違った目撃情報を捏造しようと――さすがにカメラにまったく映っていないのは不自然だから、後ろ姿だけ、捉えさせる。それ自体はたぶん、そんなに難しいことではないだろう――度胸が必要なだけだ。

そして犯人のそのあとの行動は……、フィッティングルームに這入る、だったか？　その姿は、他の買い物客に目撃されている――目撃させている。

ん、いや、これはおかしいのでは？

這入る姿が目撃されているということは、そのとき、屋根井刺子に変装した犯人は、カーテンを開けているわけで——そのとき、中にある、屋根井刺子本人の死体が衆目《しゅうもく》に晒《さら》されることになる。犯人が中に這入る姿と、同時に目撃されることになるだろう。

目撃されたら、その時点で大騒ぎだ。

「大騒ぎにはなりませんよ。犯人が這入るのは、死体があるフィッティングルームの、隣ですから」

「隣？」

「ええ。そしてその中で着替え、本人に戻り、何食わぬ顔をしてフィッティングルームから出て行きます——その際、履いてきた靴を、隣のフィッティングルームの前にある靴と取り替えることを忘れずに」

取り替える？　何の意味がある——ああ、これで、屋根井刺子に靴を返した形になるのか。変装の際、それだけは被害者のものを使った靴を——

「あ。つまり、屋根井さんが這入ったフィッティングルームを、隣のそれだったことにするためですか？　ああいや、元々、隣に屋根井さんの死体は這入っているわけですが……」

なるほど、六つ並んだフィッティングルームのデザインは画一的《かくいってき》で、端っこならばまだしも、真ん中のほうは、ぱっと区別がしづらいかもしれない。屋根井刺子——に変装した犯人がフィッティングルームに這入るところを見たという目撃者も、その細かい位置まで注意して見ていたわけでもないだろうし——仮にどのルームに這入っていたか正確に覚えていたとしても、そんな記憶は、実際に死体が出てきたという衝撃の事実の前には上書きされてしまうだろう。

「そう言えば、今日子さんは最初から、隣のフィッティングルームを気にされてましたね——ひょっとしてあの時点から、犯人のそんな仕掛けに気付いていたんですか？」

「まさかまさか。無茶言わないでくださいよう」

慌てたように否定する今日子さん。

「そこまでの探偵じゃないです、私。さすがに過大評価です……まあ、あのとき、部屋を間違えたことが、手がかりとなったことは確かなんですけれど……犯人の行動追跡は、おおむね、これでおしまいです。あとは通常業務に戻って、死体が発見されるのを待つだけです——フィッティングルームの前に置いた被害者の靴はもう取り替えませんから、遠からず発見されることになるでしょう」

実際、一時間足らずで見つかったわけだ。

見えかたとしては、フィッティングルームに這入った屋根井刺子が、わずかな間に、中でハンガーで殴られて、殺された——犯人は誰にも目撃されていない。

そんな不可解な状況ができあがる。

否、不可解ではなく——不可能なのか。

不可能犯罪——密室殺人事件。

「いや……ちょっと待ってください。やっぱり無理じゃないですか、それ？」

「どこがです？」

とぼけたように訊き返してくる今日子さん。

わかっていないはずもないだろうに。

だって既にその質問を、遠浅警部はしているのだ、今日子さんが説明を後回しにしただけで。

「試着室に這入った人間が、違う格好で出てきたらおかしいと思われるはず——ですよ。フィッティングルームに這入るときは、まあいいです。本人の裁量でどうにでもなるでしょう。でも、出るとき、外の様子はわからないわけじゃないですか——店内のどこに誰がいるのか、いったん中に這入ってしまえば、もう把握できないんですから……、這入った人間が違う格好で出てくるシーンや、靴を取り替えようとするシーンを、見られてしまうかもしれない」

「ですからそれは、誰にも見られていないタイミングで外に出れば、問題はないわけでしょう?」

「そ、そりゃあそうですが、そのタイミングをどうやって見計らうかという話で——」

そうか。ここでヒントその3か。

外から試着室の中が見えないからと言って、試着室の中から外が見えないというのは、確かなことなのか——しかし、ヒントの中で、これが一番わからない。

マジックミラーでもあるまいし、カーテンの向こうなんて見えないに決まっているじゃないか。

それについて、『お知恵を拝借したい』みたいなことを言っていたけれども、正直、貸せるような知恵があるとは思えない――そんな風に思ったけれども、しかし、続きを聞いてみれば、確かに、その点については、遠浅警部のフォローが不可欠だった。

それは特に彼が、署長が持ち上げたように優秀だからではなく――単に、一日ごとに記憶がリセットされない、忘却探偵ではなかったからである。

「ほら、どうして職場という、自分のテリトリーで犯罪を決行したかという話があったでしょう――ハイリスクハイリターンであれ、利益があるとすれば、そうするんじゃないかって」

「ありましたが……今のところ、優位性は、自分の立場を利用して、証言者の半分の視線を、コントロールできるということですよね？　でも、それだけではまだ弱い気が……、証言者の全員ならともかく、半分と言うのは――それに、やっぱり、試着室から外に出るときがネックになるでしょう」

「ですから、箱の中の羊と言いますか……、試着室の中で、何をしているかなんて、わからないわけですよね？　短期間であれば、何をしていてもわからない――スマートフォンを操作していても、わからない」

「……スマートフォン？　誰かに連絡を取っていた、ということですか？　ああ、つまり、共犯者に、外に出るタイミングを教えてもらっていた、とか……？」

「慌ただしさからして、共犯者がいたとは思いにくいです――それに、共犯者は必要ありません。連絡を取っていたんじゃなくて、受信していたのではないでしょうか。天井カメラからの映像を」

「！」

天井カメラの映像――無線でクラウドに飛ばされ、事務所のパソコンで管理されている。しかし、クラウドで保存されているということは、そのネットワークカメラの映像は、アカウント名とパスワードさえ知っていれば、どこからでも――試着室の中からでも、スマートフォンからでも、アクセスできるということだ。

「ぼ、防犯カメラの映像を、犯人は犯罪に利用したって言うんですか？」

「ええ。死角はありますし、フィッティングルームの前も、その死角のひとつですけれども――それでも、人の動きの流れは、把握できますから。フィッティングルーム付近のエリアに誰もいなくなったタイミングを見計らって試着室から外に出て、靴を取り替えればいい」

自信たっぷりにそんなことを言ったかと思えば、

「ということが可能なのかどうか、遠浅警部に教えて欲しいんですよ。私、Wi-Fiとかクラウドとか、さっきまで知りませんでしたから――忘れてましたから」

と、機械音痴みたいなことを言ってきた。

機械音痴なのではなく、記憶喪失なのだが。

しかし、さっきまで知らなかったことを早くも推理に組み込んでくるあたりが名探偵なのだろう――同じ情報を持っていたどころか、それを常識の範囲内として知っていたのに、同じ答に辿り着けなかったことを、恥ずかしく思う。

こんな風に最後に質問してくれたのも、こちらを立ててくれようとしているのではと、うがった見方をしてしまいそうだ。

「可能か不可能かというだけの話をするなら、可能だと思います……、相当悪質だと言わざるを得ないですが」

防犯カメラを防犯目的ではなく、目撃者の動きを把握するために使うなんて――店員の動きをコントロールしたことと言い、目撃者の多さを、逆に密室の構成要素として利用するなんて。

ただ、倫理観を完全に抜きにして考えるなら、それならば確かに、己の職場を犯行現場に選ぶだけの理由があると言えた――防犯カメラの映像にアクセスできると言うなら。密室内部からは外が見えないという思い込みを利用され――

「……ん。あれ？　と言うことは……、これ、犯人、特定できちゃってません？」

「ですね」

遠浅警部の、今更のような素朴《そぼく》な疑問に、今日子さんは頷いた。

「仰ってましたもんね、遠浅警部。ネットワークカメラの映像は店長が管理しているって。つまり、この推理が正しいとするのなら、犯人は『ナースホルン』の店長ということになります」

犯行にあたって手をこらせばこらすほど、それだけ手がかりを増やすことになり、犯行が露見した際の言い逃れが難しくなる――の、典型的な例と言えた。

もちろん、探偵自身認めているように、確たる証拠があるわけではない……、検証はこれからだ。店長と被害者との関係を調べる一方で、まず、本人から話を聞いてみなければならないだろう。既に一度、事情聴取はしているけれども、今度は証言者としてではなく、容疑者としての聴取だ。もう夜も遅いけれど、できれば、これからすぐにでも、今日のうちに……。

「ええ。そうですよね……当然、そういう運びになりますよね」

「？」

浮かない顔である。謎解きを終えたあとの探偵という風ではない——そう言えば、最初から今日子さんは、謎解きに乗り気でなかったけれど。

「どうしたんですか？　謎解きの報酬のことでしたら、ちゃんと料金は支払いますから、ご心配なく」

「それは絶対にいただきますけれど」

きっぱりと言われた。そんな今日子さんに押されるような気持ちになりつつ、「ただ、店長に話を聞く際、もう一度今日子さんに、通訳を担当していただきたいんですが……」と付け加える。

ある程度はファッション用語に明るくなった遠浅警部だが、その事情聴取はかなり込み入った話になるだろうから、そんな推理をした責任を取る意味でも、今日子さんには是非とも同席して欲しい。

自分だけで事情聴取に向かえば、手柄を横取りするみたいな後ろめたい気持ちになるから、というのもあるが……仕事に対する意識が果てしなく高い今日子さんなら、当然、ふたつ返事で承諾してくれると思っていたのだけれど、

「まあ、やっぱり、そういう話になりますよねえ」

と、あまり積極的でない態度だった。

「……？　まさか、その通訳については、追加料金が必要だということですか？」

「そこまで阿漕《あこぎ》なことは言いませんよ」

ここまででも十分阿漕だったと思うが、今日子さんはそう否定して、「ただねえ」と言う。

「さっき言った、個人的な事情という奴です」

「個人的な事情？」

「私、『ナースホルン』のファッションの、すっかりファンになっちゃいましたから。容疑者である店長を尋問して、糾弾《きゅうだん》するというのは、やりづらいんですよね——トップが逮捕されれば、当然、お店は閉めることになっちゃうでしょうし」

「…………」

なるほど、個人的な事情だった。

ファッションやお洒落に興味のない遠浅警部からしてみれば、馬鹿馬鹿しいと呆れたくもなる私情だが、しかし、実際に今も『ナースホルン』の服を着てしまっている今日子さんからすれば、切実な問題なのかもしれない。警察官が身内が関わっている事件の捜査には参加できない——みたいな感覚だろうか。

「昼間、店長さんとのやりとりを通訳するときも、内心はテンションが上がっていましたしね――つい、事件とは関係のない質問をしてしまっていたりしました」

今更そんなことを白状されても困るのだけれど、しかし、同じ感じでこれからの事情聴取の際、手心を加えられても困る――これは感情の問題なので、どうしたものかと思っていたが、

「わかりました、遠浅警部」

と、そう間を空けずに、今日子さんは決意したように言った。仕事とプライベートを秤《はかり》に掛けて、仕事を選び取ったというように。

「これから、店長のところに事情聴取にうかがう前に、一瞬だけでいいので、寝させてください」

「ね……寝る？」

「はい。今日一日の記憶は、それでリセットできますから。見たものも聞いたことも、会った人も、好きになったファッションも」

忘却探偵は、入眠をたやすくするためだろうか、アルコールを更に追加注文してから、

「記憶も感情もリセットしてから、事情聴取に臨《のぞ》みましょう」

と、迷いのない笑顔を浮かべたのだった。

7

その後、しっかりここまでの報酬を受け取ってから一眠りして、『ナースホルン』のファ

ンではなくなった今日子さんは、遠浅警部の事情聴取に同行し、通訳として、店長との橋渡し役をまっとうした——いや、事実上、彼女がひとりで店長と向き合った形だ。

当然、目を覚《さ》ました今日子さんは、『ナースホルン』のファッションのことだけでなく、事件についての記憶もすっかりなくしていたのだけれど、そこは左腕に彼女自身が書いていた密室講義が役に立った——六つの定義を軸に事件を把握し、もう一度同じ推理をして、同じ答に辿り着いた今日子さんは、既に昼間に一度会っている店長を、『特に思い入れのない初対面の相手』として、にこにこしながら容赦《ようしゃ》なく追い詰めた。

記憶にないのは、こっちのほうです——

結果、店長は犯行を認めるだけでなく、屋根井刺子を殺すに至った動機まで、あますところなく自白した——証拠固めはこれからになるだろうが、逮捕状を請求するには十分だった。

確たる証拠が揃う前から、なだめすかし、手練手管《てれんてくだ》の押し引きだけで自白を引き出す今日子さんの穏やかな話術は、警官としても見習いたいところだったが——しかし遠浅警部は『とても真似できないな』とも思った。

技術もさることながら、心構えが——だ。

記憶だけではなく、感情のような精神的なものまで、自らリセットをかけてしまう彼女の仕事への姿勢は、もうプロ意識とか、ストイックとか、そういう領域を遥《はる》かに超越しているように感じた。

好きなものがあって、好きだという感情があって、それが推理の邪魔になるのなら、自らそれを切り離してしまう。

それが探偵だというのなら、自分は、これから先、どんなに努力をしても、そんなものにはなれないと思った——こうならなければならないのであれば、自分は生涯、引き立て役の警部でいい。

ああはなれない、と痛感すると同時に、ああはなるまい、と痛切に思った——少なくとも、遠浅警部は、一眠りして目覚めたあと、今日子さんがこちらに向けた『初めまして』の視線を、生涯忘れることはないだろう。

見てはならないものを見てしまった。

そんな目撃者の気分になった。

……ちなみに、処分に困ったのは、今日子さんに買ってあげた『ナースホルン』の服である。当然、二度目の事情聴取に向かう前に——眠ってリセットする前に、今日子さんはその服を着替えていたのだが、一度袖を通している以上、さすがに返品するわけにはいかないし、脱ぐに至るまでの経緯を思うと、気持ちの問題として、今日子さんも受け取りづらいものがあるだろう。だからと言って、それこそ今日子さんが一度袖を通したものを、遠浅警部が引き取るわけにもいかない。

「では、捨てるしかないんでしょうか」

勿体《もったい》ない気もするけれども、まあ、同じ服を二回着たことがないと言われる今日子さんだから、その処理も致し方ないのかと思ったが、

「服に罪はありませんからねえ」

そう言って、今日子さんは折衷案《せっちゅうあん》を出す。

「では、もしも私が、遠浅警部と、またお仕事をご一緒する機会をいただけるようでしたら、その日、もう一度プレゼントしていただけますか？」

「え……それは、どういう意味があるんです？」

「だって、忘れたことを忘れたその日には、きっともう一度、その服を好きになれると思いますから」

1

丸いと四角いが仲違《なかたが》い
逆三角形では馴れ馴れしい
直線ならば懐っこい

2

善悪の基準というのはまるで暗号だ——誰か『いいこと』と『悪いこと』を一覧表にしてまとめて欲しいと、結納坂仲人《ゆいのうざかなこうど》は、つくづく思う。

そんなことをおおっぴらに言えば、お前にはやっていいことと悪いことの区別もつかないのかとお叱りを受けてしまうかもしれないが、それだってそんな風に叱られるまでは、『言っちゃ駄目《だめ》なことだった』ということは定かではないし、本当のところ、叱られたという事実だけでは、叱った側が正しかったとはとても言えまい。彼らはただ、声が大きくて主張が強いだけかもしれない——声が大きいから正しいとは言えないし、主張が強いから善行であるとも言えない。そんなことはまるで基準にはならない。

ならば何が基準になるのか？

どれだけ結納坂が欲したところで、『いいこと』と『悪いこと』を読み解く暗号表なんて実在しない——なるほど、そんなことは常識的に考えればなんとなく判断できるだろうという叱責《しっせき》には一定の経験的な理《ことわり》があるし、それを真っ向から否定しようというほど、彼もねじくれてはいないのだが、しかしながら突き詰めて考えれば、その常識と非常識の境目にしたって、結構怪しいものだ。

ある地域における親愛の挨拶《あいさつ》が、別の地域においては挑発的なシグナルになるなんてのは、よく聞く話である――その場合、たとえ悪意が伴《ともな》っていなくとも、その行為は『悪いこと』だと認定されてしまうだろう。行為が悪いのか、無知が悪いのかは棚《たな》上げにするとしても――ただ、彼としてはジャッジそのものを、棚卸《おろ》ししたくなる気持ちを、どうしても禁じ得ない。

いや、挨拶やボディランゲージ、言葉遣《づか》いの問題であるならば、文化的な風土や風習の違いだと割り切ることもできる――それで話が丸く収まるなら、こんなのは所詮《しょせん》、ただの雑学や笑い話で済んでしまう戯《ざ》れ言《ごと》だ。

だが、笑い話で済まないケースだってある。

明文化されていない文化ならば、日本ならば曖昧《あいまい》な笑みで、欧米ならば両手を広げて肩をすくめるというようなジェスチャーで、さしあたり当たり障りなく片がつくとしても、それがはっきりと法律で規定されているとなればどうだろう?

法律書。

ある意味それこそが、結納坂の求める、『いいこと』と『悪いこと』を箇条書きでカテゴライズした、善悪を読み解くための暗号表なのかもしれない――けれど、実際に六法全書を読み込んでみると、法の解釈なんて無限にあるということを知るだけである。

法なんて、それ自体がほとんど暗号化された文章だ――同じ条文から、まったく違う、まるっきり正反対の意味合いが導き出せて、実際裁判所では、専門家同士が『どちらが正しいのか』を言い争っている。

解釈の余地を残しておかねば融通《ゆうずう》の利《き》かない決まりごとになってしまうのも確かだが、しかしその解釈の多様さゆえに、法律を厳密に解釈すれば、犯罪者でない人間は一人もいないという矛盾《むじゅん》も生じる――罪を犯さずに生きている者なんて一人もいないというのは、それこそ常識の範疇《はんちゅう》内なのかもしれないが。

文章をそのまま読み解くのではなく、法律が法律として成立したときの意図《いと》をしっかり汲《く》むべきだと言われても、その意図というのがまた、どうにもぼんやりしていたり、ふわっとしていたりする――具体的に指摘するよりも比喩《ひゆ》で言ったほうがわかりやすいところなのでそうすると、サッカーで、オフサイドが反則である理由が『紳士的でなく、卑怯《ひきょう》だから』と巷間《こうかん》よく言われるが、しかしオフサイドが卑怯ならば、オフサイドトラップはもっと卑怯だろうという話になるはずだ。

そんな、意図を無視した法の乱用――もっと言えば、悪用は、そこかしこに散見する。理屈に合わないを通り越して、理不尽でさえある条文はかなりの数に上り、意図だけを見るなら、ただの勘違いで成立していたり、時の政権の私情で決められたとしか思えない『善悪の基準』だったりも、相当数ある。

ならば立法は、正義や大義からはほど遠い。

それはあくまでも、条文つまりは箇条書きで、文章だ——必ずしも法律は、道徳不道徳を規定するものではなく、いざ善行を働こうというときに、そういった決まりごとや慣例が立ちはだかるなんていうのはままある話だ。

そうなるといよいよ法律書は、本として、物語というよりは詩歌の類《たぐい》になってこよう——感じる側の感性に責任が生まれよう。それでもまだ、法律書が一冊にまとまっているなら、解釈は無限でも、矛盾が無数ということはないのかもしれない——けれど現実において、法律書は一冊ではない。

同じことについて、複数の法律書がある。

国内においてさえそうなのに、海外に目を向ければ、膨大《ぼうだい》なまでの『異文化』に触れることになる。

たとえば、日本国内では、法律で規制されて、『インチ』単位の定規《じょうぎ》を販売することができないという。いや、一体全体、それの何がいけないんだと言いたくなるが、法律をそのまま理解するならば、メートル法に則らない『インチ』単位の定規の販売は、法の理念に違反する『悪いこと』に属するわけだ——メートル法ではなくインチ法を採用している国においては、ごく普通に販売されている定規なのに。

まあ、これはまだ、定規の話だから、平和的と言えるだろう——しかし、これを平和裡に済ませられないのは、この話が、拳銃《けんじゅう》についてもまったく同じことが言えるからだ。

日本国内で拳銃を所有していたら、常識や感性を疑われるでは済まない——センス以前に、殺人のための道具を持つ者として、当然、それなりの危険人物として扱われることになるだろう。しかしその所有が禁じられていない海外の国々においては、それはごく当たり前の自衛の手段である。なんら非難には値《あたい》しない——これは、法解釈の問題ではない。

拳銃なんて物騒な話を持ち出すのは極論であり、卑怯であると言うなら、医療技術の話がわかりやすい——国によって可能な手術、使用不可能な薬品がある。海外では命を救うための崇高《すうこう》な行為が、国内では傷害罪に問われるという、何だそれというような対比は、飾り立てられていないノンフィクションだ。

この場合、法律を横軸で見渡したときに生じる矛盾であり、すれ違いなのだが、もちろん、これを縦軸で見れば、『いいこと』と『悪いこと』の区別は、もっと曖昧になる——どころか、まるっきり逆になるケースさえもしばしばだ。

昔はよかったことが今は悪くなったり、今だと考えられないようなことが昔はまかり通っていたりした——テクノロジーの進化により、新しい技術が登場すれば、それを管理するための、新しい法律が用意されもする。

今では考えられないような理不尽な法律を、昔の人は頑《かたく》なに守っていたりする——今、善悪の、少なくとも取り締まりの基準にはなっている法律だって、昔の人達から見れば、考えられないような出来映えということもあるだろう。

それにしたって、人類史を縦に貫《つらぬ》く、『人間らしさ』みたいなものはあるはずだと、できることなら希望を持ちたいところだけれど、しかし、それも結構怪しい——非人道的な奴隷《どれい》制度が当然と思われていた時代があり、英雄と言えば、たくさん人殺しをした者だった時代もある。

『好きな戦国武将は？』という質問は、結納坂に言わせれば、『好きな殺人鬼は？』と問うているのと大差ない。現代の感覚で過去を読み解けば、どんな英雄もどんな偉人も、引きも切らない悪行三昧《ざんまい》だ。

歴史の教科書なんて、次々書き換わる。

だったら彼が学んできた歴史とは、いったい何だったんだと言いたくなる。あれはただの記憶力のテストだったのか？

そうかと思えば、断固として書き換わらない教科書の項目だってある——それは主として、理数系の教科書に多い。有名な例で言えば、電流はプラスからマイナスに流れるという解釈だ——実際にはマイナスからプラスに流れるのだが、最初になされたその定義が、今も変わることなく息づいている。電子がマイナスからプラスに流れる以上、明らかに間違っているはずなのに、訂正されることはなく、『正しいこと』として教えられ続ける——縦軸というか、歴史が長いために変更できないというのが、正直なところだろうか？

数学だけはどこの国であろうと、あるいは極論、他の惑星であろうと不変であり、正誤がはっきりしている——かと言えば、そんなこともない。答は一緒になっても、過程がまるで違うなんてことはざらにある——日本の九九《くく》とインドの九九はまったく違うものだ。『ゼロの発明』なんて言うが、だとすればゼロが発明される以前と以降の数学は、別物と言ってもいい。

進歩があるということは変化があるということで、変化は場合によっては、過去を否定するそれとなりかねない――正誤のルールは、絶え間なく流転《るてん》する。これはアリだろうと思っていることが、いつの間にかぜんぜんナシになっていたりする。それも、思うよりも短いスパンでだ。

ちなみに、教科書で言うなら、国語が一番、解釈があやふやかもしれないと、結納坂は思う――なにせ、ものがそもそも文章だから、いくらでも解釈のしようがある。

傍線部の作者の気持ちを答えよ、という問題について、試験を受けた作者も答えられないなんてのは、聞き飽きたエピソードで、それにしたって、だったら作者の答が絶対的な正解なのかと言えば、そんなこともないだろう――発表してしまった時点で、小説の解釈は基本的に読者に委《ゆだ》ねられているものである。

気持ちなんてブレのあるものでなく、厳密な言葉の意味ならば？　傍線部の意味を答えよ、ならばどうかと言えば、それだって正解と不正解の境目は茫洋《ぼうよう》としている。

役不足の言葉の意味とか。

敷居が高いの解釈とか。

情けは人のためならずとか。

言葉の乱れを嘆き、辞書を絶対視するべきだという立場に立とうとしても、それはそれで、同じ国語なのに現代文と古典では、同じ字面の意味がまるで違うという食い違いに突き当たりもする——『あからさま』やら『ときめく』やら、それらはよしとできるのに、『ら抜き言葉』にはケチをつけようと言うのか？

成人してから、実は『漢字の正しい書き順』なんてものは存在しないと、ものの本で読んだときは心底驚かされたものだ。

『あれをしなさい』とか、『こうしなさい』とか、『それは間違っている』とか、大人は偉そうに子供を教導するけれども、その根拠が、実際のところ、ぜんぜん根付いていない思い込みだったとしたら、教えるほうも教わるほうもとんだ喜劇役者で、そんな悲しい話はあるまい——勉強のことのみならず、運動でも同じく。

結納坂の世代なら、厳しくウサギ跳びを叩き込まれたものだ——詳しくは知らないが、聞いたところによると、今は『組体操ってどうなのだろう？』なる議論が起こっているらしい。

否、議論自体は昔からあって、ようやくそれが表沙汰《おもてざた》になってきたということなのだと思う——古代の奴隷制度にだって、反対していた者は、当時にもいた。

考えかたは、そして解釈は、常に多様なのだ。

それを公表すること自体が、法で規制されたりもするのだからやりきれないが——しかし、そもそもは『いいこと』を推奨し、『悪いこと』を規制するための法律が、そのもの悪法となってしまうこともあるのは、どういう理屈なのだろう？

一人殺せば犯罪者だが百万人殺せば英雄であるように、一人救えば英雄でも百万人救えば反逆者となる——とか？　大いにあり得る。行き過ぎた善は悪と同じ——多くの者を傷つけ、多くの物を失わせる。

それは、まさしく歴史が証明している。

ただ、結納坂が大仰《おおぎょう》にそう語ってみせても、おいおいそんなことはあえて言うまでもないことだと、あっけなく切り捨てられるだけかもしれない——横軸だ縦軸だと、それらしく表現したところで、場所が違えばルールが変わるのは当たり前だし、むしろ時代が変わったのにルールが同じでは、そっちのほうがよっぽど大変なのだから。

指摘されないとそれがわからないほど、結納坂も子供ではない——が、大人だからこそ思う、もうひとつの軸もある。

横軸をX軸、縦軸をY軸としたときに想定されるZ軸——つまり、同じ場所で同じときに同じことをしても、それでもなお善悪の判断がわかれるケースが、案外あるということだ。

個性というのか、キャラクターというのか。

同じことをしても、人によって、許されたり、許されなかったりする——それは、同じ文章に意味が複数あるようなもので、本来およそ納得がいくものではないはずなのだが、至極《しごく》当然のような顔をして、まかり通っている。

このZ軸の問題は、縦軸や横軸よりも、よっぽど深刻に結納坂を悩ませる——同じ殺人であっても、犯人の『事情』そして『情状』によって、判断がわかれたりするのは、どうしてだろう？　ただ、そんな疑問を呈《てい》しつつも、だからと言ってすべてを画一的に処理すべきだとまでは思えない己の理性が、彼をより重く悩ませる。同じ犯罪行為でも未成年だと罪が軽くなる――老人は刑務所に収監しないという国もある。現実には同じ行為も、同じ犯罪行為もないのだから、汲むべきは汲むべきなのだろう――同じ『いいこと』であろうとも、実行する人間のこれまでの行いが評価に反映されるのは、致し方ないことと言えば、致し方ないことだ――仕方ないことだ。

善と偽善に差なんてない、と主張しようとも、やはり偽善ならば非難されるのがこの世の中である。

そう考えると、やはり、『いいこと』と『悪いこと』に、本質的な差なんてないのではないかという気になってくる――どんな行為も、誰かにとっては『いいこと』だし、誰かにとっては『悪いこと』なのだ。

誰にも迷惑をかけずに生きることなんてできないし、逆に、どんな人間でも、生きているだけで誰かを救っている――のかもしれない。

あるいは。

死んでこそ、役に立つ人間もいるのかもしれない――正義は必ず勝つというのが幼いならば、勝った者が正義だと主張するのも、やはり幼い。

『いいこと』と『悪いこと』は、同じことなのだ――と。

そこまで複雑に、そこまで執拗に理屈をこねくり回すことで、ようやくのところ結納坂仲人は、古くからの友人であり、そして共同経営者でもある縁淵良寿《ふちぶちよしとし》を殺すという行為についての倫理的葛藤《かっとう》について、それは『悪いこと』ではないのだと、折り合いをつけたのだった。親友を殺す――それが『いいこと』なのだと、己《おのれ》を説得することに、紙一重のところで、成功したのだった。

3

すべては順調だった。

結納坂が社長を務める会社『縁結人《えんむすびと》』の行く末に、不都合などないはずだった――時代を先取りした新しい経営モデルを世に示せたのだと、得意になっていたくらいだ。

実際、その手の雑誌からの取材も少なくなかった――しかし成功者インタビューをどれだけ受けようと、必ずしも結納坂は思い上がってはいなかったし、仮に多少増長していたとしても、それは許容範囲内のことだっただろう。

『縁結人』の業務内容は、簡単に言えば、紹介業である――クライアントから、『これこれこういう人を紹介して欲しい』という依頼を受けて、それにできるだけ近い人物との仲を取り持つのが、大枠の仕事だ。クライアントから求められるのが大物であれ、特定された個人であれ、漠然としたイメージであれ、あらゆる手段を講じて、可能な限りそれに応じる――シナプスを繋《つな》ぐようにコネクションを繋ぐ、会社名の由来のひとつである『縁結び』を生業《なりわい》にする。

テクノロジーが日進月歩の今だからこそ、人と人との繋がりこそがこれからは重要だと読んでの、いわば人脈開発会社の設立だったが、これが当たった――最初の頃こそ、人材派遣会社と大差ないとか、結婚相談所の亜流だとか、結納坂が目指す職務内容を、なかなか理解してもらえずに苦しんだりもした――彼自身、何がやりたいのか、そのビジョンをはっきり言葉にすることができなかったというのもある。

そもそも、感覚的でしかない、ただの直感だったのだ――まったく関連を持っていない、A社とB社のそれぞれのリーダーが、もしも友達同士だったら、何か新しいものが生まれるんじゃないだろうか？　とか――生涯同席することがなかったであろうあの純文学作家とギャグ漫画家を、手術台の上のミシンと雨傘のごとく、出会わせることができたなら、そして彼らが互いに刺激を受けあえば、どんな作品が生まれるのだろうか？　とか――もっと極端に、まったく関連性がないであろう、あの芸能人とあの政治家に、もしも何らかの縁があったとしたら、その人間関係を、彼らはおのおのの利益に連結させることもできるんじゃないか？　とか。

始まりはそんなたわいのない妄想《もうそう》だった。

普通にしていれば絶対に出会わないであろう両者を引き合わせることで、果たしてどんな化学反応が起こるのか――そんな、ある種の好奇心にも似た漠然とした気持ちを、論理的に系統立てて説明するのは、極めて感覚的な人間である結納坂にとっては、とても難しかった。

だから、説明しなくとも、彼がやりたかったことを理解してくれた友人の存在は、とてもありがたかった――持つべきものは友だと思った。

その友こそが縁淵良寿だった。

結納坂を社長に、縁淵を副社長に、二人で会社を立ち上げた――今でこそ、それなりの規模の組織になったが、始まりはたった二人だったのだ。『縁結人』という会社名は、互いの名前の間を取って、名付けたようなものでもある――名目上は結納坂がトップだったが、思いつきでしかなかった彼の発想を、具体的な形にしてくれたのは、縁淵だった。

共同経営者と言うより、だから、恩人のようでもあった――友人でもあり、恩人でもある男を殺そうと言うのだから、結納坂の葛藤はそれだけ深かった。

人として許されない行為ではないのか。

他の解決策があるのではないのか。

まだ引き返せるのではないのか。

常識と良識に基《もと》づいて行動すべきだと、何度も思い返そうとしたけれど、しかし感覚的な人間である結納坂は、最終的には結局、己の直感に従ってしまうのだった。

人を殺すのは悪いことだというシンプルな命題を、暗号のように読み解いて、むしろそれを善行のように受け止めた――悪いのはむしろ、友人に殺される縁淵のほうだと解釈した。

もっとも、客観的に見たところで、縁淵にまったく非がなかったとも言えない――非のない人間はいないように、彼にも非はある。善悪の基準がどれほど曖昧だったところで、少なくとも縁淵の行為は明白に重大な犯罪だったし、そうでなくとも、『縁結人』の社是《しゃぜ》にも反するものだった。それが表沙汰になれば、会社は信頼を根底から失うことになるだろうし、その累《るい》は当然、社長である結納坂にも及ぶことは間違いない。

会社を守るために、結納坂は友人であり恩人である縁淵を殺さねばならないのだった——実行するときには、あれだけあったはずの葛藤は綺麗《きれい》に消えて、それがなすべき使命のように思えたのだから、不思議なものだ。

マインドセットに成功したとも言えるが、普通に判断するなら、彼は身内の犯罪行為を隠《いん》蔽《ぺい》するために、より重い犯罪を犯そうとしているだけで、まともな考えを失っているだけなのだろう——失ってでもなければ、彼には鈍器《どんき》で、人間の頭部を殴ったりすることはできなかった。

いや。

彼はそれでも失敗したのだった——どれだけ理屈をこね回そうと、強い決意をしようと、やはり躊躇《ちゅうちょ》があったのだ。

友達を殺すことに躊躇があった。

人と人との繋がりを作るための会社を設立するにあたって不可欠だった繋がりを、必要がなくなったからと言って、どころか今や障害でしかなくなったからと言って絶つことに、ためらいがあった——人間の価値観や倫理観はそう簡単には変わらないということであり、だけどそれは、この場合、被害者である縁淵にとって、救いとはならなかった。

むしろそれは、殺される側にしてみれば、より残酷で、悲惨な展開とも言えた——ためらいのあった頭部への一撃は、彼を即死させるには、少しだけ足りなかったのだから。

床に倒れ伏した友人が、頭部から血を流しつつも、もぞもぞ動くのを見て、結納坂はすぐに失敗を悟った――とどめを食らわせなければという気持ちと、今救急車を呼べば、すべてはなかったことになるんじゃないかという気持ちが半々だったが、後者の気持ちは、たちまち否定された。

鈍器で頭を殴った時点で、縁淵は結納坂の友人ではなくなっている――まさかそれを許してくれるほど、寛大な聖人でもあるまい。叩き割ったのは頭だけじゃない、友情もだ。実質、彼の選択肢は、殺人未遂と殺人、どちらの罪状を選ぶかという二択であり、それならば、毒を食らわば皿までと言うのが、取り返しのつかない彼の結論だった。

取り返しのつかない彼の取り返しのつかない結論だった――そして結論が出たなら、一刻も早く、とどめを刺すべきだった。

死の際《きわ》の苦痛から、縁淵を解放してやるべき――なんて、その際に追い込んでおいて勝手な言い草だが、結納坂からすれば、それは率直な気持ちだった。

殴りたくないという自我を押さえ込んで、死にかけの共同経営者に一撃を加えることが、『いいこと』だと確信していた――が、結局、彼はその善行を働かなかった。

元友人がじんわりと、死んでいくのを、最後の最後まで、最期の最期までじっと見守った――それは看取《みと》ろう、なんて殊勝な気持ちではなかったし（もしそうだったとすれば、殊勝というよりとんでもない身勝手だろう）、単純にとどめをためらったというわけでもない。

結納坂がとどめを刺さなかったのは、死に際の縁淵が、頭部の傷口から流れ出た己の血を使って——己の指で床に文字を書き始めたからだ。

いわゆるひとつの、ダイイングメッセージである。

（うっ……）

と、結納坂はその様子を見て——絶句した。

推理小説の熱心な読者ではない結納坂でも、ダイイングメッセージのなんたるかぐらいは知っている——普通に考えれば、犯人として、そんなものを残されてはたまらない。

元々、押し入り強盗に見せかける腹づもりだったのだ——半端な工作なんてするつもりはなく、まったく無関係の行きずりの泥棒が、縁淵の自宅に侵入して、たまたま遭遇《そうぐう》した家主を殺したのだというストーリーを演出するつもりで、だから結納坂が注力したのは、己の気配を消すことだった。

なので、メッセージなど残されるわけにはいかない。『犯人は結納坂だ』とまで直接的でなくとも、ここでそれを暗示するような文章を残されたら、あっという間に犯行は露見《ろけん》するだろう——死にかけの元友人が、何かを書いているらしいと察した時点で、むしろ慌てて殺さねばならないくらいだった。

だが、

（うっ……うう）

殺せなかった——殺すわけにはいかなかった。

実際、もしも縁淵が書き残そうとしたのが、そのもの結納坂の名前や、それを露骨に暗示するものであったのならば、さすがに彼に躊躇はなかっただろう——理屈や感情をすっ飛ばして、原始的な保身に走ったはずだ。

しかし、そうではなかった。

震える指で、被害者が書き残した文字は——文章は、以下のようなものだった。

『丸いと四角いが仲違い
逆三角形では馴れ馴れしい
直線ならば懐っこい』

（…………）

書き終えたところで、元友人は息絶えた。

とどめを刺すまでもなかったわけだ。

最期の力を振り絞ったにしても、長めのダイイングメッセージで、いったいいつまで書き続けるつもりなのか、不安にさえなったが、被害者が結納坂の名前を書こうとしているわけではないことを察して、彼は動かなかった。

動けなかった。

暗号めいたその文章に、動けなかった。

辞世《じせい》の句——五・七・五・七・七というわけでもない。

指で、しかも血で、メッセージを書くことに慣れている人間なんているわけもないし、また、筆者である縁淵は死にゆく途上にあったわけで、その筆跡は悪筆であると言わざるを得ない――画数の多い漢字を、ちゃんと読めているかどうかは、はなはだ怪しい。

だが、とりあえず、そういう風にしか読めない――そういう風にしか読めないから、意味もわからない。

文意はわかっても、その意図が不明だ。

複雑な法律の条文でも読んでいるようで、基準線が見えないのである。

……ダイイングメッセージは、仮に犯人に見つかっても消されたりしないよう、暗号化されるものだというのは、推理小説のフォーマットであり、熱心な読者ではない結納坂から言わせれば、そんな姿勢は絵空事だった。

暗号化されていようが何だろうが、被害者が怪しげな文章を書いているのを発見すれば、用心してそれを消しておくのが当然だと思うからだ――だが、実際に自分がその状況に直面してみれば、彼は、床に書かれた血文字をぬぐい取るというような行動には出られなかった。

そのような隠蔽工作は、逆に新たな証拠を残しかねないという冷静な判断も、むろんあるにはあった――だが、それはどちらかと言えば、後付けの理屈だった。

なるほど、確かに残されたこの文章は、結納坂を示している暗号なのかもしれない――九割九分そう考えるべきだし、そうと決めつけて、するべきリスク管理をするべきだ。

だが、そうではない、残り一分の可能性を、彼としては考えずにはいられないのだった――もしかしたら。

（暗号を読み解けば、確かに俺の名前が登場するのかもしれない――だけど、もしかしたら）

（もしかしたら、これは俺の求める、金庫の暗証番号かもしれないんだ——）

金庫の暗証番号。

それは殺人の動機にも直結する、二十五桁の数字なのだった。

4

その後の展開は、結納坂の思い通りにならなかった——思い通りにならずに助かったことと、はなはだ不都合だったことがあった。

助かった、というのは、罪悪感についての考察だった——長年の知己《ちき》を自らの手で殺したのだ。そうするしかないと決意し、覚悟の上での犯行だったとは言え、その後、激しい後悔に悩まされるであろうことは、想像に難《かた》くなかった。すっかり没交渉になっている家族よりもよっぽど密接な付き合いのあった共同経営者を殺して、それで自分がまともな感情を維持できるなんて、とても思えなかった——犯行の夜を境に、結納坂仲人という人間は、すっかり変わってしまうのだろうと想定していた。

けれど、特にそんなことはなかった。

自分は、意外なほどに今まで通りの自分だった——ある意味、それは拍子抜けだった。実行するまでの葛藤が嘘のような、『何もなさ』だった——案ずるよりも産むが易《やす》しという諺《ことわざ》を、まさか命を絶っておいて使うべきではないだろうが、しかし自分は、『殺人』という行為を、どこかドラマチックに捉《とら》え過ぎていたのかもしれない。

実際、結納坂にとっては『殺人』なんて、テレビでしか見聞きしない行為だったから、ドラマチックに思えてもやむを得ないのだけれど、だが、現実に自らおこなってみれば、それはあくまでも行為でしかなかった。

さもありなん、か。

いいと思ったことを、正しいと思ったことをしたのだ——ならば後悔など、微塵《みじん》もあるはずもなかった。

人を殺しても、自分は自分のまま——まあ単純に、結納坂が元々、マインドセットなんてするまでもなく、そういう人間だったというだけの話なのかもしれないが。

そのあたりを差し引いても、後悔するよりも先に、考えるべきことがあったから、彼は自己を保つことができたと言えるかもしれない——即《すなわ》ち、縁淵が残したダイイングメッセージに関する考察である。

思い通りにならなかった計算違いの、はなはだ不都合で残念なほうは、そちらの計算だった——結局、結納坂は、ダイイングメッセージには一切手をつけずに、消したり塗り潰したりすることなく、殺人現場である縁淵の自宅のリビングをあとにした。

ダイイングメッセージをメモや写真に撮ることさえも控えた——死に際の伝言にしては長めの文章とは言え、暗記できないほどの分量ではなかったし、ならば下手に記録に残して、それが証拠となるような展開は避けたかった。

どの道、暗号の解読なんて、感性の人間である結納坂には不可能だった——単純なクイズやなぞなぞならばともかく、とても自分にできるとは思えなかった。

だったら、そんなものはいっそ専門家に丸投げしてしまおうと、彼は咄嗟《とっさ》に判断したのだった――専門家。

即ち捜査のプロフェッショナルである警察に任せようと、犯罪者の身でありながら、結納坂はそう決めた。

現場から金品を盗み取り、どれだけ強盗殺人を演出したところで、友人関係にあり、会社の共同経営者でもある結納坂のところへ、警察が話を聞きに来ないはずがない――その際に、逆に答を訊《き》けばいいのだ。

人と人との繋がりやコネクションを重視する結納坂は、自分が手に負えないと感じることについて、他人に教えを乞《こ》うのに抵抗はなかった――今や、彼にとっては天敵であるとも言える警察が相手だったとしても、まったく例外ではなかった。

しかし、そこで計算違いがあった。

思いもよらない展開だった――彼が危惧《きぐ》したのは、せいぜい、『解読された暗号が、やっぱり結納坂を示すものだった』という展開である。

そりゃあそうだろうという展開ではあるが、そうなった場合の対処は、もちろんちゃんと考えていた――暗号の解釈なんて無限にあるのだから、無限分の一として自分の名前が出て来ることもあるだろうとか、いくらでも言い抜けできると思っていた。

もちろん、それは大きなリスクではあったが、彼が欲しているのは、そのリスクに見合うものだった——二十五桁の数字を導いてくれる可能性がわずかにでもあるのならば、警察に判断を委ねるのに迷いはなかった。

だが、現実は、そんな風には運ばなかった。

殺人をドラマチックに捉え過ぎていたのと同様に、絵空事だと笑いつつも、結納坂はダイイングメッセージというものを重視、重要視し過ぎていたらしかった。

要するに、警察は、殺人被害者である縁淵が決死の思いで残したダイイングメッセージに、言うほどの興味を示していなかったのである。

最初は、用心深く、ダイイングメッセージのことは、関係者にも伏せているのかと思った——『犯人しか知り得ない情報』として、事情聴取の際においても隠しているのかと。

そういう場合のことも、結納坂は当然、真犯人として想定していたつもりだったのだが、しかし、そういうことでもなかった——どうすればさりげなく、怪しまれずに水を向けることができるだろうとあれこれ思案しているうちに、

「ところで」

と、会社を訪ねてきた鈍磨《どんま》と名乗ったその四角い眼鏡《めがね》の似合う警部は、あっけなく——ことのついでのように、その話題を振ってきた。

「——というような文章を、縁淵さんは書き残していたようなのですが、何か心当たりはありますか?」

それを聞きたいのはこちらのほうだった。

もしや、探りを入れられているのかと構えたが、そうではなかった――心当たりはない、何のことかさっぱりわからないと答えると、

「そうですか。まあ、大したことではないんですけれど――」

などと、あっさり撤退する始末だった。

その温度差にもどかしくなりつつも、平静を装って事情聴取に応じているうちに、どうやらあちらさんの事情も読み取れてきた――ダイイングメッセージに対する意識が、彼我《ひが》でまったく違うらしいという、考えてみれば順当な事情が。

それこそ、推理小説の世界ならば、決定的な証拠として、犯人にとっては致命的な証拠として扱われることも多々あるダイイングメッセージだが、それは犯人が残した証拠ではなく、被害者が残した証拠なのである――自白だけで犯人を特定するわけにはいかないのと同様、被害者の申告だけに基づいて、犯人を特定することなんて、できるはずもない。

仮に、縁淵がダイレクトに『犯人は結納坂だ』というメッセージを遺《のこ》していたとしても、それはもちろん参考にはなるとしても、それだけをもって、結納坂を有罪にはできない。

結納坂が、『無限分の一』なんて、そんな通り一遍な言い訳を用意するまでもなく――意識が朦朧《もうろう》とし、混乱の極みの下で記《しる》されたであろう死に際の証言に、どこまで信頼が置けるのかという、実際的な問題もある。

下手をすれば冤罪の温床だ。

だから警察は、そのダイイングメッセージを、捜査上で無視こそしていないが、あくまで

も二の次においているらしかった――もしも何か意味があるのだとすれば、それはあとから、捕まえた犯人に聞けばいいと考えている節さえあった。

なんという楽観視だと、義憤《ぎふん》にも似た社会への怒りにかられかけた結納坂だったが、しかし、個人的な事情を排除して考えてみれば、そういうものかという気持ちにもなった。

確かに、ワイドショーなどで放送される実際の事件で、暗号めいたものが登場することもまれにあるが、ただ、それが事件の解決に結びついたなんて話は聞いたことがない。

それらしい解釈や分析を、素人《しろうと》から玄人《くろうと》までがこぞっておこなった挙句に、『大した意味なんてなかった』なんて結論に辿《たど》り着くのが関の山だ――暗号解読がことの趨勢《すうせい》の鍵を握るなんて、そんなのは戦争中の出来事である。

コストパフォーマンスを考慮すれば、意味がないかもしれない、あったとしても証拠能力には欠けるダイイングメッセージなんてものに、捜査機関がかかずらわっている暇なんてないのは、言うまでもないことだった。

ただ、他人事《ひとごと》ではない当事者としては、そんな風に悟ったように、コスパを計算してはいられない。

何がなんでも、たとえその結果登場するのが自分の名前だったとしても、暗号解読に取り組んでもらいたかった――この点だけとっても、彼が推理小説の悪影響を受けて殺人に走った犯罪者ではないことは、十分に証明できるだろう。

こともあろうか、犯人が警察に対して、『そのダイイングメッセージはきっと重要だと思うから、絶対に解くべきだ』と食い下がるなんて、そんな推理小説があるわけもないのだから——もっとも、鈍磨警部は、そんな結納坂を、どうしようもないミステリマニアだと、判断したらしかった。

それは、彼にとっては大いなる誤解ではあったが、その誤解こそが、結納坂を次なる展開に導くことになるのだった。

それが幸運なことなのかどうかはともかく——

「わかりましたよ。でしたら結納坂さん、私のほうから専門家を紹介しましょうか」

と、鈍磨警部は、うんざりしたような顔をして、そう言ったのだった。

紹介？

人を紹介するのは、結納坂の会社の業務のはずだが——それに、専門家？　専門家は、警察だとばかり思っていたけれど——しかし、確かに、犯罪捜査と暗号解読は、似て非なると言うより、ぜんぜん違うものでもありそうだ。

ならば、この場合、暗号解読の専門家とは、誰のことを指すのだ？

「探偵ですよ」

鈍磨警部はそこで、初めて微笑《ほほえ》みを浮かべた。

なんだろう、厄介ごとをよそに丸投げしようとしているにしては、その態度はどこか、誇らしげでもあった。

「私立探偵の掟上今日子《おきてがみきょうこ》さんをご紹介します」

5

「初めまして、私立探偵の掟上今日子です」

そう言ってオフィスの応接室に現れた総白髪《そうしらが》の女性は、思いの外《ほか》若くて、結納坂を驚かせた――むろん、職業柄これまで多くの、バリエーション豊かな意外性あふれる人間に会ってきた彼は、見た目や若さで人の能力を決めつけるほど愚かではなかったが、しかし同じように、第一印象の大切さもわかっていた。

それらを踏まえて算出する、深々とその白髪頭を下げる探偵への暫定《ざんてい》的な評価は『計り知れない』だった――どうにも正体がつかめない。

穏《おだ》やかそうな笑みを浮かべている割に、親しげとは言い難いし、同じ眼鏡をかけているにしても、鈍磨警部とは違って、理知的な雰囲気を出しているわけでもない――むしろその眼鏡をかけることで、こちらとの間に頑強なガラスを一枚、張っているようでもあった。

探偵だとばれないようにおいでくださいというこちらのオーダーを受けて、グレーのトレーナーにツナギという、まるで運送屋さんみたいな格好で来訪した彼女だったが、その変装については、辛口の評論で語らざるを得なかった――作業着をそんなにお洒落《しゃれ》に着こなしてどうするという話である。

（これが……）

（これが――『忘却探偵』か）

当初、結納坂は、私立探偵を紹介しようという鈍磨警部からの申し出に、難色を示した——それが厚意に基づくものにしろ、たらい回しの表れにしろ、とても気乗りのするアイディアとは思えなかった。

これは、後ろめたいことのある結納坂でなくとも、そうだろう——公的機関である警察ならばともかく、私立探偵という民間業者に、会社のアキレス腱ともなるような情報を話さねばならないことに抵抗を持つのは、経営者として当然の判断である。

ただ、鈍磨警部は、「そんな心配はいりませんよ」と、請け合う。

「どんな依頼をしても、どんな相談をしても、今日子さんはその内容を、その日のうちに忘れてしまいますから——今日子さんは記憶が一日しか持たない、守秘義務を絶対遵守《じゅんしゅ》する、極めつけの忘却探偵なんです」

そんな人物が実在するのか、そもそも、記憶が一日しか持たないという特性を持ちながら、探偵業なんて営めるものなのかと、当然ながら結納坂はいぶかしんだけれど、しかし、彼にも業務に基づく調査能力というものはある——これまでたまたま知らなかっただけで、忘却探偵というのは、結構な有名人だったので、すぐに裏付けは取れた。

否、これまで結納坂が彼女のことを『たまたま知らなかった』のは、ある意味必然とも言えた。人と人との繋がりを重視し、人脈やコネクションを広げていくことを社命とする『縁結人』の主義主張と、彼女が個人運営する置手紙《おきてがみ》探偵事務所の、『仕事内容をすべて忘れる』、いわば繋がりや縁を次々切り捨てていくようなスタイルは、真っ向から対立する——真逆である。

　水と油と言うよりは、火と水だ。

　こんなことでもなければ――警察に間を取り持ってもらうことでもなければ――忘却探偵と人脈会社社長が繋がることなんてなかっただろう。

　だから好奇心もあって、ひょっとするとこの縁が、次なる仕事に繋がっていくかもしれないという仕事上の下心もあって、結納坂は鈍磨警部に、探偵を紹介してもらうことにしたのだった――もちろん、第一の目的はあくまでも、副社長の遺した暗号の解読にある。

　話したことを忘れてくれるというのであれば、鈍磨警部にしたのよりももっと、踏み込んだ相談もできるだろう――そうでなくとも、多少会社にとって不都合な内容を告白したとしても、探偵は弁護士と同じで、依頼人の不利益となるような告発はできないはずだ。

　むろん、殺人となれば話は別だろうけれど、鈍磨警部とのやりとりを経て、結納坂はもう、ダイイングメッセージを読み解いた結果、自分の名前が出てくる可能性を、ほとんど危惧しなくなっていた――そんなのは、彼が思っている以上に、何の証拠にもならない。

　それよりも、手っ取り早く答が出ることが――そうでなくとも結論が出ることが、彼からすれば望ましかった。

　暗証番号でないことがはっきりするなら、それはそれで諦《あきら》めもつく、吹っ切れるというものだった。

　そういう意味でも、忘却探偵の今日子さんは、うってつけの探偵であると言えた――何せ彼女は、『最速の探偵』との称号を保有しているのだ。

どんな事件でも一日で解決する——最速の探偵。

……まあ、どんな依頼を受けても、その内容を一日で忘れてしまうのだから、そりゃあ必然、どんな事件も即日解決せざるを得ないには決まっているが——その必然性は、結納坂にとって、とてもありがたいものだった。

結納坂が早々に推察を放棄した、副社長の遺した暗号を、本当にたった一日で解けるのかどうか、真っ当に考えれば眉唾《まゆつば》ではあったが……。

「では、お急ぎとのことですので、自己紹介はほどほどに——結納坂さん、早速ですが、ものを拝見させていただけますか？」

実際、今日子さんの話運びはスピーディだった——警察組織からの紹介だから、お互いに余計な探り合いは不要だと判断しているのかもしれない。

痛くもない腹を探られるのは御免《ごめん》だったし、痛い腹を探られるのはもっと御免だから、その速度は大助かりだった——けれども念のため、一応事前に、確認しておきたいことがあった。

「あのう、今日子さん。お宅の事務所では守秘義務を絶対に厳守してくださるとのことですが……」

「はい。明日には忘れてしまいますから。なにとぞ、心を開いて、なんでもお話しください」

「……少し、弊社の恥部《ちぶ》を告白することになると思うのですが。明日になれば忘れてくださるというのは了解しましたけれど、その明日まで、あなたがその秘密を保ってくださるという保証はあるのでしょうか？」

「それはありませんね——まあ、そのくらいのスリルはどうかお楽しみくださいな」

とぼけたことを言う。

そのくらいのほうが、案外、信頼できる気がした。

「しかしご安心ください、私はお金の奴隷です。いただけるものさえいただければ、守秘義務は遵守いたしますよ」

……そこまで言われると、まったく信用が置けなくなるが、まあ、相場よりも遥《はる》かに高い、置手紙探偵事務所の日当を思うと、信頼度はともかく、真実味は増す。

結納坂は腹をくくった。

懐《ふところ》から一葉《いちよう》の写真を取り出す——それは、鈍磨警部から借り受けた現場写真だった。縁淵家のリビングの写真——もちろん、縁淵の死体の写真ではなく、縁淵が遺したダイイングメッセージを写した写真。

部外者においそれと見せていいようなものではないと思うのだが、こんな写真を気前よく貸してくれるのだから、鈍磨警部はよっぽどこのメッセージを、どうでもいいと思っているようだ——あるいはあの警部は、よっぽど今日子さんに信頼を置いているのか。

どちらにしても、自分では撮影できなかったダイイングメッセージの写真を、こうして探偵に手渡すことができるのだから、結納坂は流れが自分にあるように感じていた——これで今日子さんが無事内に暗号を解いてくれたなら。

「ふうむ」

と、受け取った写真を、天井の蛍光灯に透《す》かすように眺める今日子さん――なんだかそうしていると、写真そのものの値打ちを鑑定しているようだ。

そんなに眼鏡に近付けて見なくとも、解像度の高い写真だし、文面は読めると思うのだが――しつこいくらいに矯《た》めつ眇《すが》めつ、角度を変えたり、裏返したり、右手で持ったり左手で持ったりしながら、写真の検分を続ける。

「な、何かわかりましたか？　二十五桁の数字を意味しているんじゃないかと、私は思っているんですけれど」

やや露骨だったが、沈黙に耐えきれず、結納坂は誘導するようなことを言った――いくら問題ないとタカをくくっていても、いざこういうシチュエーションになれば、暗号から自分の名前が読み解かれるんじゃないかという不安にかられる。

大丈夫。

被害者の訴えなど、それだけでは無意味だ。

何度も繰り返したその言葉をもう一度、呪文のように、結納坂が心の中で唱えると、

「お返しします」

と、ようやく写真から目を離して――と言うか、目から写真を離して、今日子さんは、そのまま写真を結納坂に差し返してきた。

ずいぶんと長い間、彼女は写真を注視していたと思ったが、終わってみると、ほんの十分ほどのことだった。

十分ほどのことだったが……、まさか、たったの十分で、彼女はこの暗号を解読してみせたと言うのか？

それは——最速と言うにも、速過ぎる。

「あ、あの……、今日子さん」

「いくつか、確認させていただきますが」

思わず身を乗り出した結納坂を制するように、今日子さんは指を立てた。

「二十五桁の数字というのは、金庫の暗証番号か、パスワードか何かなのでしょうか？」

鋭い。

やはり誘導が露骨過ぎたか——だが、そんな質問をするということは、あの暗号は結納坂の期待通り、それを示すものだったのだろうか。

できることなら、深い事情までは話さずにすませたかったが、どうやらそういうわけにはいかないようだ——いくら明日になれば忘れ去られるとは言っても、殺人の動機に直結するような裏事情を、探偵に話すというのは、気が進まないのだが。

ただ、それでも、手札を伏せたままで暗号の答を聞こうというのは、虫が良すぎるというものか。

「お察しの通り、金庫の暗証番号です——それを、縁淵は私に、遺してくれたんじゃないかと思いまして。それでこうして今日子さんに依頼させてもらった次第なんです」

そう言って結納坂は応接室の扉のほうをちらりと見る。

「必要ならば、後ほどご覧に入れますが……、副社長室に大型の金庫がありまして、その暗証番号です。暗証番号を知っているのは、縁淵一人だけでしたから……、ああ、縁淵を手に掛けたにっくき殺人犯を示す暗号だったとしても、それはそれで、依頼した甲斐《かい》があったというものなんですけれど……」

付け加えるようにそう言ったが、さすがにわざとらしかったのか、今日子さんはそこには無反応だった——まあ、殺人犯だと思われるよりは、会社の利益だけを考える非情なビジネスマンと思われたほうが、いくらかマシだ。

「金庫……、と言っても、中にただ、私のご主人様が入っているというわけではありませんよね？」

「私のご主人様？」

なんのことかわからず結納坂はぽかんとなったが、どうやらお金の暗喩《あんゆ》らしかった——あからさまにお金と言うと品がないと思ったのかもしれないが、その言い方のほうがよっぽどあからさまだった。

「貴重品が入っていて、取り出せなくなったというだけなら、業者を呼んで破壊してもらえばいいだけですからね——そうできない事情が、おありになる、と。つまり、先ほど仰《おっしゃ》っていた会社の恥部というのが、金庫の内容物ですか？　それを秘密裏、隠密裏に取り出したいというのが、あなたの依頼内容なのでしょうか」

「え、ええ……はい」

頷《うなず》くしかなかった。

ここまでずばずば言い当てられると、速いとか鋭いとかいうより、気持ち悪くさえあった——論理的に考えてのことだとは思えない。

結納坂も直感型の感性人間だからわかる——この探偵は感覚的に見抜いて来ている。思いついたことを全部総当たりで言って、外れたら外れたでそれでいいというような、一種の雑さもあるのだろう——粗い推理でも、それでこちらの反応をうかがえればそれでよしという目算なのだ。

油断する余裕などもとよりないが、迂闊《うかつ》な気持ちでいると、ダイイングメッセージなんて関係なく、この人は依頼人が殺人犯であることまで看破《かんぱ》しかねないと、結納坂は改めて、気を引き締め、そして、

「金庫の中身は、名簿です」

としぶしぶ、口にした。

しぶしぶなのは本音だったが、彼はそれを過剰に装った——それ以上に後ろめたいことなんてないのだと、暗に主張したつもりだった。

小細工かもしれなかったが、必要な小細工だった——迂闊と言うなら、探偵を社内に招き入れてしまったこと自体が迂闊だったのだろうが、ここまで来たら後には引けない。

「弊社の業務内容は、今更、あえて説明するまでもありませんよね？　人と人との繋がりを提供する、よろず人脈の仲介業者――当然、多くのかたがたの連絡先を所有させてもらっておりますし、その連絡先を入手することが、第一の業務であるとも言えます」

「なるほど――名簿というのは、その連絡先をまとめたアドレス帳のようなものだと考えればよいのでしょうか？　重要な個人情報であり、企業秘密でもあるから、外部の人間の手や目に、触れさせたくないということですか？」

予想通り、今日子さんもすべてを看破しているわけではないらしく、やや的外《まとはず》れなことを言ってきた――いや、あるいは、わざと的外れなことを言って、こちらの様子を観察しているのかもしれない。

穿《うが》ってみればキリがない――そんな駆け引きじみたゲームのテーブルにつくよりは、さっさと手持ちのカードを晒《さら》してしまったほうが楽というものだった。

何、どうせ明日になれば忘却の彼方《かなた》だ。

「縁淵が金庫の中にしまっていたのは――隠していたのは、違法な手段で入手した名簿だったんですよ。断っておきますが、私は知らなかったんです」

言い訳がましくなることは避けたかったが、しかし、これは嘘偽りのないところだった――結納坂は知らなかったのだ。

信頼する副社長が以前から、違法性のある、そうでなくとも脱法的な方法で『名簿』を作成し、それを会社のコネクション作りに役立てていたなんて。

トップに立つ人間として、知らないこと自体が問題だと言われればその通りだし、結納坂自身、これが知らぬ存ぜぬで通る事案だとは思っていない――『いいこと』か『悪いこと』かで言えば、それが『悪いこと』なのは、明々白々だった。

それだけに、その事実を知ったときには衝撃を受けたし、すぐさま、パートナーを問いつめた――が、縁淵はまったく悪びれることはなかった。

『悪いこと』をしているという自覚は、あの友人にはまったくないようだった――どころか、会社の発展のために寄与《きよ》する『いいこと』をしているのだと言いたげだった。違法行為に手を染めていたのも、それをこれまで黙っていたのも、すべて会社のためだったのだというのが、縁淵の主張だった。

会社のためだった。

お前のためを思ってしたことだ。

いけしゃあしゃあとそんなことを言われても、友人が何を言っているのか、結納坂にはさっぱりわからなかった――意味を読み取れなかった。

縁淵の行為が表沙汰になれば、会社はまず潰れるだろうし、結納坂だって身の破滅だ――それをなんとかわかってもらおうとしたのだが、議論はずっと平行線だった。

かみ合わないことはなはだしかった。

持っているだけで危険なそんな名簿は、すぐに処分すべきだという結納坂に対して、縁淵は頑なに、金庫の暗証番号を教えようとしなかった。どころか、更に新たなる名簿を手に入れようと、画策《かくさく》していた――もう結納坂に露見したからか、こそこそもしなくなった。どころか、嫌みなくらいの堂々さだった――世間にバレたところでどうってことない、もっと言えば、会社を一回や二回潰しても、いくらでもやり直せると思っているのかもしれなかった。

だとすれば――価値観があまりに違い過ぎる。

縁淵の協力あって成立した会社を、結納坂はどんな手段を使ってでも守りたかった――違法を隠蔽するために法を犯す決断をするほどに。

友を殺す決断をするほどに。

……それでも、チャンスは与えたつもりだった――鈍器で頭を殴る前に、結納坂は『これが最後だ』と前置きをして、もう一度だけ、金庫の暗証番号を訊いたのだ。

笑って、縁淵は取り合わなかったが。

まさか殺されるとは思っていなかったのか――それとも、死んでも守りたい名簿だったのか。

いずれにしても、結納坂の本気は友には届かなかった――届いたのは殺意だけだった。

殺すことで、副社長が新たな違法行為に手を伸ばすのを防ぐことはできたが、金庫の中の名簿――違法行為の証拠――については、なんとか自力で、金庫を破壊するしかないとまで思い詰めていた。

そこへ遺されたのが、例の暗号である。

ダイイングメッセージ。

死の際で縁淵が、悔い改めて、暗証番号を教えてくれたのでは？　とてつもなく都合のいい、手前勝手な考えではあったが、それが暗号であるというところに、結納坂は希望を持っていた。

もとより金庫の番号なんて、そのままメモしておくものではない——そして中身の名簿が社会的には違法物であることくらいは、さすがに縁淵は自覚していた。二十五桁の数字をメモリーするにあたって、暗号化していたと考えるのは、至極自然だろう。

少なくとも死の際で咄嗟に暗号を考えたとする不自然に比べれば、よっぽど妥当である——そのまま数字で書かなかったのは、死の際で意識が混乱していたからか、それとも、事情を知らない他の人間に見られても、問題のないメッセージにするためだったのか、その辺りは想像するしかないが。

「事情は把握《はあく》しました——まあ、縁淵さんの違法行為についての善悪の評価は、私は致しません。関知しないと言いましょう——明日になれば忘れてしまうことです」

今日子さんはそう言った。

本当のところ、どう思ったのかはわからない——プロフェッショナルとして割り切っている風を装っているだけなのか、それとも、本当に何も感じていないのか、結納坂にもわからない。

『計り知れない』という第一印象は、今や、『底知れない』にとってかわりつつあった。

「確認事項は以上となります——それでは、暗号とはいったい何ぞやという辺りから、忘却探偵の推理を開陳《かいちん》させていただくとしましょうか。最速で、さくさくとね」

6

「まず大切なのは、暗号文とは、どのような種類のものであれ、解かれるためにあるということです——その前提だけは、何があろうと揺らぎません。今回の場合はダイイングメッセージですが、基本的に、どんな暗号も、誰かに向けて放たれたメッセージであるということを、ゆめゆめお忘れなく」

忘却探偵にお忘れなくと言われたら、どんな顔をしていいものかわからない——結納坂は曖昧に微笑むことくらいしかできなかった。

（メッセージ……、あれは、縁淵から俺に向けたメッセージだったのか？　会社をよろしく、とでも言いたかったのか？　これからはお前も汚れ役だ、とか……）

「順を追って話しましょう——暗号に対するアプローチその①。暗号文そのものに意味がある場合」

「……？　意味がない場合が、あるんですか？」

そんな風に、一応お愛想の合いの手を入れてみるも、ミステリマインドの欠片《かけら》もない結納坂としては、そんな講釈なんてどうでもいいから、さっと答を教えて欲しい。二十五桁の数字を導き出せたのであれば、その結論だけを——ただ、依頼人という自分の立場を考えれば、そんなわがままを言うわけにもいかない。

今日子さんは「ええ、もちろん」と、当然と言えば当然の回答をする。

「いわば表面上の文意に、意味があるか、ないかということです――ノストラダムスの大予言をイメージしてもらえば。恐怖の大王とは何の比喩なのかとか、アンゴルモアとは何を表しているのかとか、誰もがそういう風にあの文章を読み解こうとしたものでしょう？」

ノストラダムスの大予言とは、随分《ずいぶん》と古風なものを引っ張り出してくる――と、結納坂は呆《あき》れたが、しかしすぐに、それも忘却探偵ゆえなのかもしれないと思い当たる。

知識や経験が、頭の中に積もらず、一日ごとにリセットされてしまうから、たとえ話が昔懐しいそれにばかりなってしまうのか――彼女には時間の縦軸というものがないのだ。

価値観がぶつ切りになる。

(朝起きたら、価値観がことごとく違う世界だって言うのは、どんな感じなんだろう……？どう折り合いをつけているんだろう)

そんな風に、結納坂の思考が、少しよれたことに構うことなく、当の忘却探偵は、

「このアプローチで縁淵さんの遺したメッセージを読み解くなら……、一行目の『丸いと四角いが仲違い』という文章は、どことなく、円積問題を思わせますよね？」

と、続けた。

円積問題？　なんだそれは。

聞いたことがあるような気もするが、ぱっと思い出せない――学生時代の受験の知識か？

「コンパスと定規だけを使って、同じ面積の円と四角形を作図せよという問題ですよ。ご存

じないですか？　ギリシャの三大難問のひとつですが」

「あ、ああ。あれですか」

咄嗟に相槌《あいづち》を打ったものの、ちゃんと思い出せたとは言い難い。

「三大難問というからには、きっと難しいんでしょうね」

「解けないことが証明されています」

一か八かで打った相槌に、にべもない返答が戻ってきた——解けない問題。そんなものに意味なんてあるのか？　解けない問題に挑み続けた数学者は、その証明に出会ったとき、何を思ったのだろう——縁淵が遺した暗号に、本当にちゃんとした解答なんてあるのか、にわかに結納坂は不安になってきた。

「じゃ、じゃあ、二行目と三行目が、それぞれ、他の二問を表しているんですかね？　えっと……、角の三等分問題と……、立方体の体積の倍化問題……、でしたっけ？」

脳を隅々まで、こそぎ取るように記憶を探って、結納坂がそう言うと、今日子さんは、「最初は、そうかとも思ったんですが」と首を振る。

「五・七・五・七・七の、辞世の句でこそありませんけれども、韻《いん》を踏んでいますし、テーマも図形で一貫しているようですから、『意味のある暗号』とも見えます——宝の地図の裏書きのように。髑髏《どくろ》の左目が何を意味するか、とか、そんな感じですね。しかし、二行目の『逆三角形』を角の三等分問題を指していると読み解くのはぎりぎりセーフだとしても、三行目の『直線』を、立方体にこじつけるのは、どうやら無理があるようですね」

文章に意味がなくとも、上等な暗号ならば、表面に筋の通った意味がある風を装うことはできますからね――と、今日子さんは言った。

総当たり推理か……。

解答に辿り着くまで、それなりに時間がかかりそうだと、結納坂は覚悟を決める――最速の探偵といっても、決して最短の距離ばかりを走る探偵ではないらしい。

むしろ合理的な道を嫌っているようにさえ思えた――地道とも言えるが。

「なので、アプローチその②。暗号文に意味がない場合、です」

「……意味がなければ、解答もないんじゃないですか？」

「そんなことはありません――『た』があちこちに挿入《そうにゅう》された、意味不明な文章があったとして、文章の外れに狸《たぬき》のイラストが描いてあったら、如何《いかが》ですか？」

如何ですか、ともっともらしく訊かれても、そんな幼稚な暗号文のことなら、言われるまでもなく知っている――円積問題との差が激しい。

だが、言わんとすることは伝わった。

表面上の文意をそのまま読み解くのではなく、なんらかの鍵を使って、その文章に変更を加えることで、初めて正しい意味が姿を現すというパターンについて、この探偵は語っているのだろう。

幼稚な解きかた、ほぐしかたで言うなら、『四文字飛ばしで読む』とか、『文章の漢字だけを選んで読む』とか、あるいは『かきつばた』のように、『文頭だけを繋げて読む』とか……、そう思って、改めて結納坂は、ダイイングメッセージを写した写真を見る。

もちろん、狸のイラストなんて描かれていない――そんなシンプルな暗号なのであれば、探偵なんて呼ばない。

「インターネットの世界じゃ、素数《そすう》を鍵として、パスワードを暗号化するって言いますよね」

間を持たすためだけに、そんな聞いた風なことを言ってみたが、しかし今日子さんは、これには首を傾《かし》げるだけだった――円積問題を知っていて素数を知らないとは思えないから、瞬時に知識が連結しないのは、『インターネット』や『パスワード』のほうだろうか。

いったいこの人の記憶は、いつから積み重なっていないのだろう――と、ふと、そんなことが気になった。

そもそも、記憶が積み重ならないのに、どうやって彼女は、自分を探偵だと認識しているのだろう？　記憶が積み重ならないのなら、自分の記憶が積み重ならないということを認識するのも、容易ではないのではなかろうか。

その疑問に対する答は、

「アプローチその③は、文意ではなく、筆跡や文具に意味がある場合、ですね」

と、今日子さんがトレーナーの袖《そで》をまくったところで、明らかになった。

あらわになった、細くて白い腕に、マジックペンでこう書いてあったのだ――『私は掟上今日子。25歳、探偵。置手紙探偵事務所所長。眠るたびに記憶がリセットされる』。

なるほど、自分の身体《からだ》にこうして、直筆のメッセージを残しておくことで、自己の同一性を保っているのか。

記憶の消失を、ある種の死と捉えるのであれば、それもまた、ダイイングメッセージの一種なのだろう。

しかし、その知恵には感心するが、このメッセージは、暗号とは言えないのではないか？　直截《ちょくせつ》的と言うより最早《もはや》端的でさえあり、そのままの意味しかないように思えるが。

「そうでもありません。筆跡を見れば、このメッセージを書いたときの、私の状況がある程度、読み取れます。筆跡が丁寧だから、切羽詰《せっぱ》まったシチュエーションで慌てて書いたわけではないらしいとか、水性ペンで書かれていることから、これを書くときには、手元に油性ペンがなかったらしいとか……、『事務所』の文字のサイズが小さくなっていることから、改行のタイミングを迷ったらしいとか。文意以外にも、手書きの文字は情報の宝庫です」

筆跡鑑定――というわけか。

デジタル全盛の現代では忘れられがちだが、達筆悪筆に限らず、手書きでしか読み取れない情報も、確かにある。それも暗号と言えば暗号なのだろう。

ん。

つまり、縁淵のダイイングメッセージも、手書きであるからこそ――あるいは血文字だからこそ、読み取れる意味があるとでもいうのだろうか？

だとすれば、現場で写真を撮らずに、文章だけを丸暗記して現場から帰ってきた結納坂は、類まれなる大馬鹿ということになるが――ただ、こうして写真で見ていても、まったくピンと来るところはない。死に際の伝言ゆえに、筆跡の乱れが気になるくらいだ――だが、それを責めるのは酷《こく》というものだろう。

それとも、これまた幼稚に、赤い下敷きでも用意して、透かしてみれば、赤が消えて、真のメッセージが現れるとか？　それこそ殺人の被害者が死に際に、そんな細工を弄《ろう》したとは思いにくいが……。

「それがアプローチのその④ですね。解読するために、別個の物理的な道具立てが必要になるパターン。こうなってくると、暗号だけとにらめっこしていたら、いつまでも解けません――写真ではなく、シチュエーションを含めた実物と向き合わなくては」

「え、そうなんですか⁉」

それは困る――まさか今から、縁淵の自宅のリビングを訪ねようとでも言うのだろうか？　いくら共同経営者でも、殺人現場に立ち入りなんて、簡単にさせてもらえるとは思えない……、それよりも、友人を殺した現場に、立ち返りたいなんて思えない。

「すべての可能性を網羅《もうら》するためには、いざとなったらそれもやむなしと思っていましたけれど、しかし、結納坂さんからヒントをいただきましたからね。それで一気に、可能性は絞れました」

暗号の解釈なんて、無限にありますからねえ――と、今日子さんは言ったが、結納坂にヒントなんて出した覚えはなかった。ヒントを出せるような才覚があるなら、自力で解読している。

「出してくれたじゃないですか。二十五桁の数字だって」

「ああ……」

あの、不安から発された露骨な誘導のことを言っていたのか——あれに導かれて答を絞ったのだとすれば、自分が専門家の推理に歪《ゆが》みを生じさせてしまったかもしれないと、結納坂はなんとも言えない気分になる。

こじつけで、結納坂の名前を導くことができるのと同じ理屈で、二十五桁の数字だって、文章をこねくり回せば、なんとか偽造することもできなくはないだろう——だが、それで金庫を開けることができないのであれば、何の意味もない。

数字が欲しいわけではなく、名簿が欲しいのだ。

いつの間にか、縁淵の死を無駄にしないためにも、あの金庫を開けなくてはならないような気分になっているのだから、益々もって勝手なものである。

「で、今日子さん。その絞れた答というのは——」

「いえ、まだアプローチの場合分けが終わっていませんので」

急《せ》いた結納坂をなだめるように、今日子さんはそう言うのだった——まだ続くのか、この講義。あらかたのパターンについては、てっきり語り終えたものだと、内心ほっとしていたのだが。

「アプローチその⑤。そもそも、暗号が間違っている場合、並びに、暗号文が不完全な場合。これを読み解くのは厄介です——問題文にバグがあると、真っ当なやりかたでは解けなくなりますからね」

「そ、そんなケースを検討する必要があるんですか？　ルールが間違っているんじゃ、そもそも解釈のしようなんてないでしょう――」

さながら、三大難問みたいなものだ。

『解けない』が答になってしまう。

「ただの間違いや不完全なら、もちろん検討する必要は、あるいは検討する余地はありませんが、それが制作者の意図的な誤謬《ごびゅう》であるならば、当然、判断材料にするべきでしょう。どころか、ここがとても重要です。ここまで様々なアプローチを語りましたが、本当のところ、一番最初に検討すべきは、この点なのです」

意図的――わざと、と言うことか？

なんだその嫌がらせみたいな暗号は――暗号とは解かれるために存在するのではなかったのか？　いや、ありえなくもないのか？　死に際の伝言ならぬ、死に際の嫌がらせ――無意味な、しかしそれっぽい暗号文を残すことで、こんな風に、結納坂が右往左往する様子を、縁淵は草葉の陰から楽しんで見ている？

だとすれば、悪趣味極まるし、とんだ徒労だったということになりかねない――結納坂はただ、無駄な出費を強《し》いられたことになる。

お金の奴隷を名乗る探偵は、解読不能が答だったとしても、割り引いてはくれないだろう……、ただ、そんな経営者の思いをよそに、今日子さんは、

「どうしてわざと、完成度の低い——答を出せない暗号文を作るのかと言うと、総当たりによるランダムな正解者の出現を、門前払いするためですね」

と続けた——つまり、私の天敵のようなものです、と。

ん……嫌がらせや、意地悪ではなく、門前払い？

「つまり、今時のコンピューターなら、暗号なんて、総当たりで解いてしまうでしょう？　パスワードの生成に素数を使うというアイディアにしても、それは『解くまでに時間がかかる』というだけであって、『解けない』わけではないのでしょう？」

忘却探偵の言う『今時』がいつなのかはともかく、あっさりとこちらの時間軸に合わせた話を振ってくるので、結納坂は大層驚かされた——かと思えば、

「戦時中の暗号文だって、いったん解読方法が敵国に伝わってしまえば、目も当てられない有様でしたしねえ」

なんて、古めかしいことも言う。

縦軸を自在に、めくるめくように移動するその様子は、価値観の変動なんて、ものともしないように思われた。

（この人は……『いいこと』と『悪いこと』の基準を、ならばどこに置いているのだろう？）

お金の多寡《たか》だろうか。

それはそれで、過去から連綿と続く価値観ではあるし、お金で話がつくというのは、経営者である結納坂からすれば御《ぎょ》しやすいとも言える。

「でも、暗号文を不完全な形で作れば、機械的な総当たりの解読法を、どうして回避できるんですか?」

「間違いや不完全さを、人間ならばフォローし、アジャストできるでしょう? 仮に、縁淵さんが残した暗号文が、二十五桁の数字じゃあなく、その半分程度の数字だったとしましょう——でも、半分までが判明したら、残りの半分を予想することは可能になると思いません?」

ん……比喩にしては具体的だが、やや無茶なことを言っているようにも思う。半分しかわからないのに、残りの半分を予想しろとは……。

「『源氏物語』を意味する暗号を作りたいときに、あえて上半分の『源氏』だけを意味する暗号を作って、紛《まぎ》らわしくするような……?」

結納坂なりに理解して、結納坂なりの比喩を出す——『源氏』とだけ言われれば、普通、平家源氏の源氏を連想しそうなものだ。しかし、その実、紫式部の文学作品を指している——暗号文ではなく、解答文を読み解く。

二段構えの暗号文とも言える。

コンピューターの総当たり相手でも、パスワードの二段認証は有効な対策らしいが——人間性を当てにするあたりが、手が込んでいる。もしも暗号文を解かれたとしても、解答ではなく誤答に導く——もはや結納坂にとっては手が込み過ぎていて、手のつけようがない。

縁淵の残したダイイングメッセージがそういうパターンなのだとすれば、警察にしろ探偵にしろ、専門家に委ねた彼の判断は、正しかったというわけだ。

「それで今日子さん。暗号解読のための、アプローチのその⑥は……」

「あ、いえ、アプローチは⑤でおしまいです」

話を先に進めようとした結納坂に対して、チェストの上の置き時計で、時間を確認しつつ、今日子さんはそう言った——暗号とは何ぞやという忘却探偵の話を聞いているうちに、三十分近く経過していた。

暗号を解くまでが十分足らずで、その説明に三倍の時間をかけていては世話がないが、ようやく解答が聞けるらしい運びに、結納坂はほっとした——それは、早く楽になりたいという気持ちにも似ていた。

なので、彼女がまるでいきなり切り上げるようにアプローチの分類を終えたことには、気付かなかった。

「結論から申し上げますと」

と、今日子さん。

今更結論からもないものだが。

「縁淵さんの書き遺した三行詩の意味するところは、十一桁の数字です」

「十一桁？　二十五桁ではなく？」

「はい。十一桁です」

きっぱりと、今日子さんは断言した。

確信のある態度だ——となると、先程の、妙に具体的な比喩は、やはり現実に引っ張られてのものだったのだろう。

　それにしても、二十五桁ではなく十一桁とは……、半分どころか、それにも満たないではないか――十一桁の数字から二十五桁の数字を、さらに導くなんて、相当の無理筋にしか思えない。

　それは不完全な暗号などではなく、金庫の暗証番号でもなんでもない――たとえば携帯電話の番号か何かでも書き残しただけなんじゃないだろうかというような、怪訝《けげん》な思いにとらわれた。

「いえ、金庫の暗証番号だと思いますよ――もちろん、実際に試してみないと、確かなことは言えませんが」

　どうしてそこまで自信たっぷりなのかわからないが、そう言うのであれば、まずは十一桁の数字とやらを聞かせてもらおうではないか。

「そもそもは、金庫の暗証番号を、縁淵さんがご自身で記憶するためにお作りになった三行詩だったのだと思われます――」

　その読みは、結納坂とほぼ同じだった。答が数字だと確定されてしまえば、暗号化したほうが、むしろ覚えやすくさえあると思う――電話番号の語呂《ごろ》合わせみたいなものだ。

「……三行詩、とさっきから仰っていますが、これは詩なんですか？　だとすると、ノストラダムスの大予言を読み解くように、文章そのものに意味があるということになりますが――」

　却下されたはずのアプローチその①だ――よく考えたら、ノストラダムスの大予言は、禍々《まがまが》しく読み解かれながらも、豪快に外れたのだったが。

「いえ、詩と言ったのはそういう意味ではなく――ただまあ、アプローチその①も、暗号解読の手がかりになっていないわけではありません」

「…………？」

そういう意味ではないのなら、どういう意味だ。付き合いの長いあの友人が、詩歌の趣味を持っているわけもないことは結納坂にはわかっていて、だからこそ、あれを辞世の句ではなく、即座に暗号だと判断したのだが……。

「二十五桁にしろ十一桁にしろ、暗号の答が数字だと見当がついてしまえば、本当になんてことはないんですよ――ペンを拝借できますか？」

そう促されたので、結納坂は手帳からゲルインキのボールペンを抜き取って、今日子さんの左手に手渡した。彼女は蓋《ふた》を取り外し、袖をまくった右腕に、縁淵の暗号文――三行詩を書き写したのだった。

左腕に書いていたメッセージと同様の筆跡。

写真で見る縁淵の筆跡より、格段に読みやすい。

ひょっとして両利きなのだろうか、と、どうでもいいことが気になっていると、腕に書いたその三行詩に今日子さんは、

「こうすると、わかりやすくなるでしょう？」

と、いくつかの斜線を書き加えた。

『丸い／と／四角い／が／仲違い／逆三角形／では／馴れ馴れしい／直線／ならば／懐っこい』

「……？　いや、まったくわかりませんが……」

単語ごとに区切りをいれたのだろうか？　だとしても、その意図が不明である――読みやすくはなったかもしれないが、読み解きやすくなったとは思えない。

「……先程、三行詩と表現したのは、これがパイエムだからですよ」

察しの悪い依頼人へ助け船を出すように、今日子さんは説明を付け足すようなことを言った――パイエム？　なんだろう、それはポエムの、英語圏以外での表現だろうか？

いや、待て……パイエム？　パイ？

π？

「え、じゃあこれ……、円周率？」

「はい。３・１４ですとも」

今日子さんはにっこりと笑う。

「３・１４１５９２６５３５ですとも」

7

『まるい（3）／と（1）／しかくい（4）／が（1）／なかたがい（5）／

ぎゃくさんかくけい（9）／では（2）／なれなれしい（6）／ちょくせん（5）／ならば（3）／なっこい（5）』

8

語呂合わせというのは、ニアミスだったのだ——実際、日本では円周率は、そんな風に覚える。産医師異国に向こう何とかかんとか——と言って。

ただ、英語圏では、単語のスペル、それぞれの文字数で覚えるのだと聞いたことがある——パイエムという表現は初耳だったが、円周率を覚えるために作られた文章を、恐らくそう呼ぶのだろう。

縁淵はそれを、日本語でおこなったに過ぎないのだ——聞いてみれば確かに、なんてことのない解答だった。

それならば、導かれる数字は半分以下の十一桁でも十分である——いっそ、半分の半分でもいいくらいだろう。

円周率なんて、結納坂は小数点以下四桁くらいまでしか覚えてはいないが、調べようと思えば、小数点以下二十四桁だろうと百桁だろうと、すぐに判明するのだから。

偶然で済まされない程度に、単語ごとの文字数と、円周率の数字が一致していれば、それで事足りるのである。金庫の暗証番号が円周率であることさえ思い出せれば、それでいいのだから——どちらかと言えば、遊び心の範疇であり、産物だろう。

「そうでもありませんよ。結構用心深いと言いますか……、パイエムを二十五桁までにせず、十一桁までにとどめた配慮は、見事と言えます。それに……」

「それに？」

「……それに、なんでもありません」

何かを誤魔化《ごまか》されたようでもあったが、しかし、答がはっきりした以上、細かいことはどうでもよかった。

縁淵を実際に知っている身としては、その辺りは今日子さんの買いかぶりのようにも感じるのだが——単に、十一桁から先を思いつかなかっただけなのではないか、と。

「ちなみに、小数点以下、十一桁目と十二桁目の数字って、今日子さん、ご存じですか？」

「8と9です」

だったら間違いない。

思いつかなかった説を鉄板で強く推《お》す。

八文字と九文字の日本語を自然に連続させるのは無理だろう。

「ええ、まあ、実際、日本語でパイエムを作るのって、単純に難しいんですよね——漢字が表意文字ですから、『丸い』を『丸』『い』、『逆三角形』を『逆／三角／形』と、更に細分化できなくもありませんし——はっきり言って、語呂合わせのほうが覚えやすいですし」

身も蓋もないことを言う今日子さん。

「ただ、最初の一単語を『丸い』としているのは、円周率の手がかりであることは確かでしょう――その点がアプローチその①です。勘のいい人なら、だから見たら、二秒で解いてしまうような暗号なんですよ」

二秒はさすがに言い過ぎだろうが、ヒントはちりばめられていたわけだ――と、しかし、それに感心してばかりもいられない。

まだその答が正解かどうか、はっきりしたわけではないのである。この手で暗証番号を実際に金庫に打ち込んでみないことには、安心はできない。

そう思い、結納坂がソファから立ち上がったところに、応接室の扉が、ノックもなしに開けられた――マナーを無視して入ってきたのは、誰あろう、鈍磨警部だった。

理知的な眼鏡の男。

縁淵良寿殺害事件の捜査主任であり、結納坂に忘却探偵を紹介してくれた張本人――しかし、今日の彼は、これまで事情聴取で話したときの彼とは、明らかに雰囲気が違っていた。

むろん、正当な手続きを踏んで、受付くらいは済ませてこの応接室まで踏み込んで来たのだろうが、事前のアポイントメントもなく警察が現れるなんてただ事ではない――彼をここまで案内したであろう会社の従業員も、あからさまにうろたえている。

鈍磨警部の後ろに控える男達も、やはり刑事か……？　みな、ただならぬ空気だ。少なくとも、親愛の情は感じない。

「私が事前にお願いしておきました」

と、今日子さんは、そんな彼らの登場に、腰を浮かせもせずに、どこか暢気《のんき》な口調で、そう言った。

「三十分たっても、私から連絡がなければ、訪ねてきてくださいと」

（………？）

意味がわからなかった――暗号以上に謎めいた告白だった。なんだって？

じゃあ、アプローチその①だのその②だの言って、暗号の答を発表するのをやけに先延ばしにしていたのは、時間稼ぎだったのか？

最速の探偵を謳うにしては、あの持って回った講釈は、どこか妙だとも思っていたが……時計を見ていた？　警察の到着を待っていた？

何のために？

……結納坂を告発するために？

「しゅ……守秘義務違反だ！」

結納坂はわめいた――そんなことをわめいても、何にもならないと思いながら。

何てことだ。

守秘義務絶対遵守なんて売り文句を、鵜呑《うの》みにしてしまった自分が愚かだった――考えてみれば、同じように守秘義務を課されているはずの医者だって、刀傷や銃創を負った者が来院すれば、通報の義務があると言うではないか。

なのに名簿のことや、縁淵のことを、洗いざらい全部語ってしまうなんて――どうせ明日忘れるからと言って――いや、待てよ？

名簿のことを話したのは、今日子さんがこの応接室に入ってからのことだ――『事前にお願い』なんて、できるわけがないのに。

「私は違反なんてしていませんよ。違反したのはあなたです――結納坂さん。あなたが自分で、自分から、秘密をバラしてしまったんですよ。私はちゃんと守りました――あなたがあなたを守らなかったんです」

涼しい顔をして、今日子さんは、更に混乱させるようなことを言った――結納坂が、何をしたと言うんだ？

……もしも探偵が、警察に『事前にお願い』できるとすれば――それは、名簿のことではなく、殺人のこと？

でも、被害者の遺したダイイングメッセージは、結納坂を示していたわけではなく――

「暗号文があれば、解答ではなく、出題者の意図を汲むべきなんですよ」

と、今日子さんは、国語の問題のようなことを言った。

あるいは、法解釈のようなことを。

「この場合、どうして縁淵さんが、ダイイングメッセージを遺したのか、その動機を考えるべきだったんです――円周率だったり、暗証番号だったりは、実は二の次なんです」

「…………？」

（どうしてって……、それは、友人である俺に、暗証番号を教えるため……）

違うのか？

違うと言われれば、ぜんぜん違うように思えた——数字の答が導かれた以上、現象としては、それとまったく同じことが起こったとしか言えないけれども、縁淵の意図は、そんなところにはなかったというのか？

「たとえ推理小説の読み過ぎと言われましょうとも、普通に考えれば、やっぱりダイイングメッセージがあれば、それは被害者が犯人を告発するためだと考えるべきなんです——でも、被害者からの一方的な告発では、証拠能力に欠けることも確かですよね」

今日子さんは、そこで鈍磨警部に視線を送った——それは知り合いに向けるにしては、どこかよそよそしい視線だった。

ああ、そうか。

紹介者だから、鈍磨警部と今日子さんを『共犯』のように考えていた結納坂だったが、今日子さんからすれば、鈍磨警部もまた、今日が『初対面』の相手なのか——誰とも繋がりを持たない、忘却探偵。

「だから縁淵さんは、直接、犯人を示そうとはしなかった——代わりに、暗号を残した。暗号の答自体はどうでもよかったんです——暗号の解釈なんて、無限にあって、どうとでも読み解けるんですから。でも」

と、今日子さんは、視線を結納坂に動かした——眼鏡の奥から覗くその視線は、穏やかではあったが、やはり、距離を感じさせるものだった。

遥かな距離を。

「結納坂さん。その暗号に、あなただけが反応した」

「…………！」

「暗号の解答を特定しようとしたことで、あなたという人間が特定された――そう、縁淵さんがダイイングメッセージを残した意図は、そこにこそあったんです。三行詩に反応して動いたのは、たったひとり、あなただけだったと、聞きました――それで、私の事務所に依頼があったわけです。鈍磨警部からお話をうかがって、だから、私はすぐに思いましたよ。あなたが縁淵さんを殺した犯人なんじゃないかって」

暗号で犯人を示そうとしたのではなく。

暗号に反応する者をあぶり出そうとした。

死の際で、縁淵の奴が、そんなことを考えたと言うのか……そんな馬鹿なと思う一方で、そっちのほうがよっぽど、説得力のある『意図』であるのも確かだった。

少なくとも、死の際であの男が、健気《けなげ》にも友情に殉《じゅん》じようとしたとか――自分を殺した犯人に、甲斐甲斐しくも暗証番号を教えてくれようとしたとか、そんな絵空事めいた説よりは。

だとしたら、警察に詰め寄ったり、探偵を呼んだり――自ら動きまくった結納坂の行動は、保身という名の守秘義務に、完全に違反していた。

被害者の告発ではない。

加害者が自ら名乗り出たようなものだ――証拠能力がないはずのダイイングメッセージに、自ら率先して、裏付けを与えてしまったようなものだった。

語るに落ちるならぬ、解くに落ちる。

友人に自首を促されたも同然だった。

（お……落ち着け。まだこれは、物的証拠というわけじゃない——こんな風に無躾に訪ねてきて、鈍磨警部は、俺にプレッシャーをかけようとしているだけだ。きっと令状があるってわけじゃあないんだ——）

そう思って心を宥《なだ》めようとしたところに、今日子さんがゆっくりと、ようやく立ち上がりながら、

「鈍磨警部。副社長室の金庫に違法物がしまわれているそうですので、そのあたり、結納坂さんからお話をうかがってみては如何でしょうか」

と言った——抜け抜けと。

その発言は、今度こそ文句なく、守秘義務違反だったが——あらかじめ、鈍磨警部と打ち合わせ済みだったのであれば、この会談は、言うなら潜入捜査のようなものだったのだろう。殺人の動機を探るために、依頼を受けている振りをしていたのだ——動機がはっきりして、いったん容疑者と目《もく》されてしまえば、所詮は素人の犯行である。明確に厳しさを増すであろう事情聴取に、自分が耐えられるとも思えなかった。

認めるしかない。俺は引っかけられたのだ。

縁淵に——そして、忘却探偵に。

ただ、友人からの意趣返しを受けたのは、己の自業自得《じごうじとく》として受け止めるとしても、今日

子さんに対しては恨み言のひとつも言いたくなった。

「そんな目で見ないでくださいよ——愚痴《ぐち》を言いたいのは私のほうです。今回の場合、警察から依頼を受けて動いたわけではありませんから、私ったらただ働きなんです」

「だ……だったら」

ああ。

だから守秘義務なんて、彼女は最初から守る気がなかったわけか。『いただけるものさえいただければ』と、彼女は言っていた——ならば、いただけるものがいただけないならば。

そう理解しつつも、結納坂は食い下がった。

「だったら、ただ、暗号を解いてくれたらよかったじゃあないですか。わざわざ、縁淵の意図を汲んだりせずに——」

「違法性の高い名簿についてのお話を聞くまでは、その線もあったんですけれど——聞いてしまった今となっては、いただけませんねえ。関知しないと、言ったでしょう？　関知しないし、感知できません。あなたからのお金はいただけません」

非難するような口調ではなかったが、まったくとりつく島もなく、彼女は首を振る。

「私はお金の奴隷です。お金は神聖で素晴らしく、尊敬と愛に値する、眩《まぶ》しくも綺麗なものだと信じています」

よって。

と、今日子さんは澄まして言うのだった。

何のより所も、繋がりも持たない、とことん不確かな自分にとっては、それだけが、そしてそれこそが、唯一の基準であり、忘れようとも変わることのない普遍的な価値観であるというように。

「汚いお金はびた一文として、いただけません」

9

余談ではあるが、『縁結人』の副社長室の金庫は結局、物理的な破壊によってこじ開けられることになった――忘却探偵の推理した二十五桁の暗証番号では、ロックは解除されなかったのだ。

のちに解析したところによると、暗証番号が円周率であるという彼女の推理そのものは当たっていたのだが、縁淵良寿の暗号制作は、更にあと一段階、凝っていた。

『3000000000000000000000000』

それが名簿を取り出すための、正しい暗証番号だった――結納坂は拘置所の中で、弁護士からそれを聞かされたとき、苦笑を禁じ得なかった。

(ああ、そう言えば……、円周率が『およそ3』だなんて言われた時代もあったなあ)

縦軸と横軸とZ軸で、答はころころ変転する。

ゆえに、正解ではなく、間違いに導くための暗号制作。

(『およそ』そんなところか……まったく人を告発しておきながら)

たとえ呼んだ探偵に暗号を解かれても、金庫が開けられない配慮を、あいつはしてくれていたのだろうか——そう思うと、結納坂は久し振りに、あの男の友人らしさに触れた気がした。

いい悪いは別にして——それは笑えるほどに、いただけない友情だった。

特典

忘却探偵ニ関スル報告書抜粋集

スイマー溺死事件報告書

文責・肘《ひじ》折《おり》檻《おり》鉄《てつ》

被害者―宇奈木九五
死　因―感電死

（前略）そんなわけでこの事件においては、忘却探偵はアリバイの証言者として関与した。厳密に言うと、アリバイを証言できない証言者として登場した。これは偶然ではなく、容疑者はアリバイ工作のために、若くして総白髪という、特徴的な容姿である忘却探偵を利用しようとしたのだと思われる。それが捜査を不必要なまでに複雑化させたところが多分にあり、そういう意味では、我々捜査班としては、期せずして忘却探偵の推理力を借りられた幸運に感謝すべきなのかもしれないが、そもそも容疑者がアリバイ工作のために利用したのが忘却探偵ではない一般人であったなら、もちろんそれなりの時間はかかっただろうが、ここまでややこしい展開にはならなかったのではないかという点は、懸念として強く付記しておきたい。そもそも捜査の最中に堂々と睡眠（中略）とは言え、容疑者は最初からいざというときの逃亡を念頭においていた様子もあるので、忘却探偵による最速の捜査は、容疑者の身柄確保の上では、大いに有益だったと言える。なお、誤解が多いようなので、あえて記しておくが、私は決して忘却探偵の水着姿を見ては（後略）

必要経費―交通費
　　　　　菓子パン
　　　　　高機能ドライヤー
　　　　　弁当
　　　　　あずきバー
　　　　　水着（白ワンピース）
　　　　　依頼料（税込）

探偵時間―十三時間（睡眠時間含む）

『ナースホルン』試着室殺人事件報告書

文責・遠浅深近《とおあさふかちか》

被害者―屋根井刺子
死　因―撲殺

（前略）ここでいよいよ、本件において捜査協力に携わった忘却探偵について触れておく。署長からの依頼を受けて、服飾関係のアドバイザーとして現場を訪れた彼女が、ほぼ独力で、最終的に事件の真相を看破し、容疑者を特定し、自白に導き、みごと解決に導いたことを、強調しておきたい。これは現場を指揮する立場にあった我が身としては猛省すべきであろう。密室殺人に関する忘却探偵の並々ならぬ見識は、別紙に記した通りであり、それは必ずしもすべての殺人事件に適用できるものではない、探偵としての偏った物の見方ではあるだろうが、しかし偏った事件が起こった際には、一助になると予想される。そもそも密室とは（中略）最後にひとつ。今回、私は初めて忘却探偵の能力に接し、全面的に助けられたわけだが、ただし行動を共にした者としてあえて厳しいことを言わせていただけるなら、服飾関係のアドバイザーとして彼女を現場に呼ぶのは、考え物である。出費が倍増しかねないので、それだったらいっそ最初から探偵として依頼をしたほうがずっと経費節減に（後略）

必要経費―『ナースホルン』衣料（ワンピース・ジーンズ）
夕食（イタリアン）
アルコール（自腹）
依頼料（アドバイザー料＋探偵料）

探偵時間―八時間

『縁結人』副社長殺人事件

文責・鈍《どん》磨《ま》削《けずる》

被害者―縁淵良寿
死　因―撲殺

（前略）なので、任意聴取の形をとっておこなった取り調べで事情を聞いた結果、社長の殺人容疑が固まったと言える。つまり、公平に判断して今回我々は、危ういとは言わないまでも、相当に際どい橋を渡っており、毎度のことながら、例によって忘却探偵の口車に乗せられてしまった感がある。もっとも『毎度のこと』と言うならば、殺人犯である疑いが濃い相手と、平気で一対一で会ってしまう忘却探偵の行動力もまたいつも通りの平常運転であり、彼女が一番際どい行為を続ける限り、我々もそれに追随せざるを得ないのだろう。忘却探偵を庇陰する警察庁上層部に対して物申す立場にはまったくない私ではあるのだが、彼女を推すのであれば、きちんと安全対策を打ってもらいたいというのが、捜査員からの共通する意見だということだけはなんとしても認識してもらいたい。（中略）参考までに書き足しておくと、社長と副社長という二大創業者を失うことになった『縁結人』は、その後、社会的な批難を受けたものの、残された社員の尽力によって、今は経営状態を回復させつつある。本人達の認識とは違い、あの会社を実際に回していたのは、現場の人間だったということかもしれない。（中略）なお、今回忘却探偵は、珍しく無償で働いている。社会正義の本能が彼女にもあるというのは我々にとって素晴らしい情報だが、しかしながら、もしも今回、容疑者から依頼料が前払いされていたとしたら果たしてどうなって（後略）

必要経費―なし

探偵時間―四十五分

あとがき

同じ話を何度もされてしまった経験は、同じ話を何度もしてしまった経験と同じくらい、誰しもあると思いますけれど、これにはふたつのパターンがあります（今日子さん風に）。つまり、『①相手は前に話したことを忘れている。②相手は前に話したことを覚えている。』②のパターンなんてあるのかと思われるでしょうが、重要な話や大切な話、それに面白い話というのは、やっぱり繰り返ししたくなるものですし、それに、前回はいいリアクションが得られなかったというのもあるでしょう。だからこの場合は、一度話しただけでは飽き足りない、思わず口をつく、ついつい何度も話したくなる話なんだと思うと、聞くほうも何度も聞きたくなってしまうというものです——実際、『またあの話して欲しいなー』ってことも、ありますしね。二度目ゆえに今度はもっといいリアクションが取れるはず、とか。厄介なのは（厄介くんなのは、ではなく）、意外と①のパターンのほうで、『前に話したことを忘れているって、この話はじゃあ、どれくらいの重要度なの？』と、聴衆側としての姿勢を固めにくくなってしまうのです。話したことを忘れるくらいだから、本人にとっても、割とこだわりはない話なのでは……、そんな疑念もつい頭をよぎりますけれど、しかし、自分が同じ話を何度もしてしまったときの経験を鑑《かんが》みれば、『忘れる』『忘れない』に、『重要か』『重要じゃないか』って、そんな重要じゃなかったりします。大切なことは忘れないはずという先入観が、どうしてもありますけれど、でも、案外人間って、どーでもいいことを覚えていたりしますし、じゃあ逆に、重要だと考えていることを、すぱっと忘れることもあるんでしょう。結局、①だろうと②だろうと、会話のエチケットとして、同じ話は、初めて聞いたような感じで聞くべきなんですが、①のケースの真の難関は、話し手が途中で『前に同じ話をしたことを思い出したとき』ですよね。話し手は『①それを言って切り上げる。②それを言わずに押し通す。』の、二択を迫られます。①を選ぶと、聞き手も忘れていたみたいになっちゃうので、必然②を選ばざるを得ないわけで、そうなると、お互い覚えているのに同じ話を繰り返している、みたいな感じになっちゃいます。まあ①を選んでも、聞き手が前に聞いたことを忘れているパターンもあります——こうなると何が真実かわかりません。ともすると、お互い忘れてるケースが、もっともノートラブルですね。ところで、この話をするの、何度目でしたっけ？

というわけで忘却探偵の三冊目です。『メフィスト』に連載されたもので、一話目と二話目は、二冊目よりも前に発表されていますし、でも三話目が書かれたのは二冊目よりあとだったりしてややこしいですが、忘却探偵ゆえにその辺は忘れています。各話タイトルからして、割と探偵感が強めですかね？　色んな今日子さんを描けて楽しかったです。そんな感じで『掟上今日子の挑戦状』でした。

今回もファッショナブルな今日子さんを描いてくださったVOFANさんと、最速の探偵を最速で出版してくださる文芸第三出版部には、お礼の言葉を、忘れず何度も言いたいものですね。これまでの感謝と、そして、これからの感謝を。

西尾維新

初出――
『掟上今日子のアリバイ証言』　メフィスト 2014 VOL.3
『掟上今日子の密室講義』　メフィスト 2015 VOL.1
『掟上今日子の暗号表』　メフィスト 2015 VOL.2

西尾維新

1981年生まれ。第23回メフィスト賞受賞作『クビキリサイクル』(講談社ノベルス)で2002年デビュー。同作に始まる「戯言シリーズ」、初のアニメ化作品となった『化物語』(講談社ＢＯＸ)に始まる〈物語〉シリーズなど、著作多数。

装画

VOFAN

1980年生まれ。台湾在住。代表作に詩画集『Colorful Dreams』シリーズ(台湾・全力出版)がある。2006年より〈物語〉シリーズの装画、キャラクターデザインを担当。

協力／全力出版

掟《おきて》上《がみ》今日《きょう》子《こ》の挑《ちょう》戦《せん》状《じょう》

2015年8月18日　第1刷発行
2016年8月1日　第9刷発行

著　者――西《にし》尾《お》維《い》新《しん》

発行者――鈴木　哲

発行所――株式会社講談社
東京都文京区音羽2-12-21　郵便番号112-8001
編集03-5395-4114　販売03-5395-5817
業務03-5395-3615

印刷所――凸版印刷株式会社

製本所――株式会社若林製本工場

ISBN978-4-06-219712-0　N.D.C.913　282p　18cm

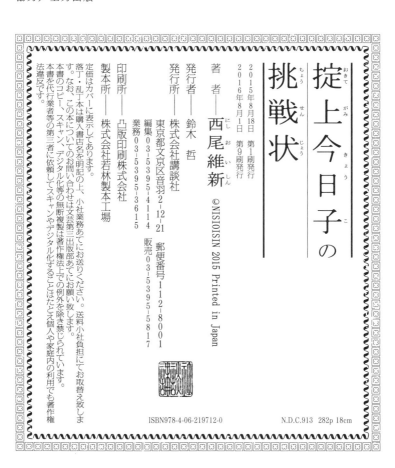

西尾維新
西尾維新

FIRST SEASON

[化物語(上·下)]

[傷物語]

[偽物語(上·下)]

[猫物語(黒)]

SECOND SEASON

[猫物語(白)]

[傾物語]

[花物語]

[囮物語]

[鬼物語]

[恋物語]

FINAL SEASON

[憑物語]

[暦物語]

[終物語(上·中·下)]

[続·終物語]

OFF SEASON

[愚物語]

[業物語]

[撫物語]

COMING SOON

[結物語]

西尾維新

NISIOISIN

Illustration VOFAN

KODANSHA BOX